Pour tous les Vincent du monde

Une histoire d'amour

MARIE
HUMBERT

Pour tous les Vincent du monde

Une histoire d'amour

ROMAN

J'AI LU

À Laurent, Guillaume, mes parents,
petits-enfants, neveux et nièces,
et toutes mes sœurs avec ou sans cornette.

À celles et ceux qui souffrent.
À celles et ceux qui les soignent et les soulagent.

À celles et ceux qui ont aimé mon Vincent,
sans oublier les ami(e)s et les inconnu(e)s
qui m'ont soutenue et continuent de le faire,
et parmi eux Vincent Léna,
Brigitte Bourguignon,
ainsi que tous les membres
de l'association Faut qu'on s'active !

Avant-propos

Comme une bouteille à la mer

On dit couramment aujourd'hui qu'il faut savoir faire son deuil. Tirer un trait. Tourner la page. Il me semble que ce sont là des expressions toutes faites qui n'ont guère de sens. Au nom de quoi, d'abord, faudrait-il oublier ? Et conviendrait-il de se faire opérer du cerveau pour y parvenir ? Non. Repartir de zéro, ce n'est qu'une aimable illusion. Un truc qu'on lit dans des romans à quatre sous.

Je sais de quoi je parle. De tels livres, j'en lis moi aussi. Sauf que, dans la vraie vie, j'ai passé trois ans dans des chambres d'hôpitaux au côté d'un jeune homme massacré qui était mon fils. Je fus impuissante à le délivrer de l'horreur qu'il endurait jusqu'à ce que l'injection fatale qu'il m'avait tant priée de lui administrer eût fait son œuvre.

J'ai donné le jour à Vincent le 3 février 1981. Par accident, son avenir a été saccagé le 24 septembre 2000. Et, à sa demande, je l'ai aidé à partir le 24 septembre 2003.

Mais Vincent existe toujours. D'abord en moi. Et autour de moi, dans une large circonférence ! On dit que quelqu'un n'a vraiment disparu que lorsqu'on ne parle plus de lui. Ce n'est pas le cas.

Non que j'aie instauré un culte à sa mémoire ni que je me complaise dans le passé. Mais parce que sa prière, que j'ai eu tant de mal à exaucer – *Je vous demande le droit de mourir* –, fait écho à tellement de douleurs qu'elles reviennent jusqu'à moi. Plusieurs fois par jour, les appels, les demandes de conseils, les sollicitations, les témoignages et la correspondance que je continue de recevoir me replongent dans ce vécu tragique, aussi bien que les paroles d'une chanson captée au gré d'une radio, la vue même de la plage et de la mer sur lesquelles donnait la chambre de Vincent à Berck.

Il en va pareillement de certains faits d'actualité. Des débats contradictoires auxquels je suis régulièrement conviée. Et encore des vérités que je défends désormais, parmi tant d'autres personnes.

En effet, mon expérience n'aura pas été vaine si je concours à persuader qui de droit d'adopter les mesures qui s'imposent. Car – pour dire les choses simplement – il n'est plus admissible d'abandonner d'autres Vincent à leur sort, ni de laisser des parents, des enfants, des familles, des aides-soignantes, des infirmières et des médecins dans la détresse, ou connaître les affres que j'ai moi-même traversées.

Comme me le disait si souvent mon fils quand il me suppliait d'accéder à sa demande, lorsqu'un chien agonise on le transporte chez un vétérinaire qui se charge de mettre fin à son calvaire. Le contraire serait cruel, indigne, « inhumain » dit-on. Mais qu'en est-il de cette « humanité » quand on condamne à vie – une vie parfois longue – un être qui n'aura plus jamais l'occasion d'exister vraiment ? Quel cœur endurci, quand il y est confronté, peut en pleine conscience supporter de voir un proche souffrir atrocement, inutilement et sans espoir de rémission, alors même que celui-ci est assez lucide pour exiger qu'on abrège son chemin de croix ?

En Suisse, en Belgique, aux Pays-Bas, et bientôt au Canada, on a pris en compte ces cas limites et imaginé des procédures pour y faire face. J'insiste sur ces « cas limites », car c'est bien de cela qu'il s'agit dans ce livre : il n'est pas question d'autoriser une euthanasie légale tous azimuts, car on voit très vite à quels excès cela pourrait conduire...

Au Parlement européen, une commission s'est saisie de la question et doit avancer des propositions. J'ai quant à moi été auditionnée à Strasbourg et à Bruxelles pour m'expliquer sur ce sujet...

En France, une loi a été votée. Mais quelle loi ? Un texte permettant seulement de « débrancher » un patient en phase terminale. Cela signifie prononcer une condamnation à mort par faim, soif ou asphyxie. Ce qui peut durer plusieurs jours. Pire, on m'a rapporté que, certaines fois, le corps se révolte et réagit en sursautant d'une manière effroyable, pris de spasmes.

À quoi bon ajouter de la souffrance à la souffrance ? Sans oublier qu'une telle loi n'aurait servi à rien pour Vincent. Vincent n'était pas dans le coma, et sa lucidité ajoutait encore à sa désespérance.

Sur tout cela je reviendrai. Mais au moment précis où j'écris ces lignes, plus de trois cent mille personnes ont déjà pétitionné afin que notre législation soit repensée[1]. Et de semaine en semaine des milliers d'autres signatures sont recueillies.

---

1. On trouvera l'argumentaire de cette pétition et le texte de loi que nous proposons en Annexes de cet ouvrage, p. 167 et p. 181.

Pour l'instant, l'initiative n'a pas été suivie d'effet. À force, pourtant, je suis sûre que nous arriverons à nous faire entendre.

Nul doute qu'il faudra bien du courage et du discernement à nos élus pour s'emparer du problème et le résoudre. Mais plus nous serons nombreux à l'exiger d'eux, plus nous aurons des chances d'aboutir.

La cause est noble. Tout un chacun, ou l'un de ses proches, peut malheureusement se trouver un jour concerné. La discussion doit donc être empreinte de gravité, de dignité et du sens des responsabilités. Sans tabous idéologiques ni arrière-pensées politiques.

Est-ce trop demander ? Les représentants du peuple français en seraient-ils incapables alors que l'immense majorité de nos concitoyens y est favorable (un sondage l'atteste, nous le verrons), et que tant d'autres pays ont su faire preuve de sagesse dans ce domaine ?

J'espère que non. Je ne prétends pas parler au nom des Français. Je ne fais que suivre et soutenir le formidable élan du cœur que « l'affaire Vincent Humbert » a déclenché dans l'opinion.

Et pas seulement à l'intérieur de nos frontières.

*
**

Que l'on ne cherche pas d'autre motivation à ce livre. Beaucoup m'ont demandé de l'écrire, j'ai longtemps hésité à le faire, sachant à quelles critiques je pouvais m'exposer.

Après réflexion, et surtout écriture, je sais que ces critiques m'importeront peu. J'ai ma conscience pour moi. Si l'on me soupçonne d'être intéressée par l'argent, que l'on vienne interroger les gens de Berck, voir où j'habite, qui je suis et comment je vis. Même la part qui aurait pu me revenir sur les droits d'auteur de Vincent a été redistribuée jusqu'au dernier centime.

Il n'aurait plus manqué que ça...

Idem si l'on m'accuse d'avoir pris la grosse tête. Le savent tous ceux qui m'ont croisée à la ville ou au hasard d'une conférence, par exemple.

La totalité des journalistes qui m'ont rencontrée peut également l'attester. Aucun d'entre eux – je souligne *aucun* – n'a ne serait-ce qu'une fois transformé mes propos ou la réalité des faits. Cela vaut d'être affirmé, à une époque où il est de bon ton de dire pis que pendre des médias.

Oh, bien sûr, je n'ignore pas qu'un téléfilm sera probablement diffusé sur TF1 au moment où ce livre paraîtra. Mais là encore, j'ai eu mon mot à dire. Quant au scénario, aux dialogues et à la distribution, on m'a accordé un droit de regard qui a été scrupuleusement respecté à tous égards. Alors je ne viens pas non plus me faire plaindre : on ne s'est jamais servi de Vincent ni de moi.

Par contre, si l'on me taxe d'opportunisme, là je veux bien plaider coupable. À tort ou à raison, il m'a en effet semblé que cette coïncidence de dates pouvait achever de sensibiliser l'opinion française, de mobiliser la presse et de favoriser la prise de conscience des pouvoirs publics.

Car on m'a enseigné à ne jamais baisser les bras, et je ne laisserai pas tomber !

Je le dois à Vincent.

Et ce que je suis aujourd'hui, je le lui dois tout autant qu'à ma propre enfance.

1

Le pays qui m'a donné le jour

J'ai l'habitude de dire que je suis une enfant de l'amour.

Josette m'a mise au monde en août 1954. Elle avait tout juste dix-neuf ans.

Papa était déjà parti se battre en Algérie, le contingent étant appelé à servir trois années sous les drapeaux. Ma mère et lui ne se sont jamais revus. Non qu'ils aient rompu ou que mon père se soit fait tuer sur le théâtre des opérations : tout simplement, leurs familles respectives les ont conduits à couper les ponts malgré eux. En effet, mes grands-mères paternelle et maternelle, qui résidaient dans le même village normand, se détestaient au point de conjuguer leurs efforts pour mettre un terme à cette relation qui risquait, à leurs yeux, d'aboutir à une mésalliance.

Les deux jeunes gens eurent beau s'écrire des lettres, rien n'y fit. L'une ne transmettait pas le courrier adressé à son fils, l'autre subtilisait les enveloppes postées d'Algérie. Il en résulte que, faute d'avoir appris ma naissance, mon père ne m'a pas reconnue.

Maman s'est alors retrouvée seule et, ne pouvant à la fois travailler et me garder auprès d'elle,

elle m'a confiée à sa propre mère. C'est donc ma grand-mère – ma mamie – qui m'a élevée dans sa modeste fermette du Calvados, aux environs de Lisieux.

Là, jusqu'à mes onze ans, au milieu des années soixante, j'ai mené l'existence plutôt sage et banale à l'époque d'une écolière courant le bocage, jouant à saute-ruisseau, allant puiser l'eau, chercher du lait, glaner du bois pour alimenter le poêle, cueillir des champignons, ramasser des pommes, arracher de l'herbe pour les lapins, s'occupant du jardin potager, du ménage et des soins de sa grand-mère pour l'aider au mieux.

Je n'avais pourtant rien d'une Cosette. Au contraire, j'ai le souvenir d'une enfance pleine d'odeurs (ah, les confitures de mûres que nous préparions pour l'hiver !), de bons moments, de belles saisons, de mille petites découvertes et aventures. J'ignorais si les enfants des villes étaient plus gâtés que moi, mais je n'étais pas malheureuse.

Juste un peu plus sérieuse et solitaire que les autres, peut-être ! Je ne savais rien de mon père naturel et je n'entrevoyais que rarement ma mère. Cela donne matière à certaines interrogations... Au moins maman prenait-elle le temps de m'écrire. Ce qui me prouvait qu'elle ne m'avait pas oubliée.

*
**

Ma grand-mère, en revanche, n'avait vraiment pas eu la vie facile. La campagne normande avait été rude pour les femmes de sa génération et de sa condition. Usée par neuf maternités, par un labeur continuel, par un veuvage trop vite survenu et par beaucoup de privations, elle souffrait d'un très mauvais état de santé, mais elle était dure à la peine et ne se plaignait jamais.

Par voie de conséquence, elle tenait en horreur les minauderies et les pleurnicheries. Alors pas question d'en faire avec elle. Si je rentrais de classe le cœur gros, des copines m'ayant par exemple rabrouée parce que je jouais un peu trop « à la grande » pour leur goût ou carrément traitée de bâtarde, je devais ravaler mes larmes et garder mon chagrin par-devers moi.

Mais j'avais trouvé la parade : quand j'éprouvais l'envie de pleurer ou le désir de confier mes pauvres secrets à quelqu'un, depuis l'âge de six ou sept ans j'avais pris l'habitude de m'adresser à la statue de la Vierge abritée dans une mariette – une sorte de petite chapelle – située non loin de la maison. Là je m'épanchais, je pouvais tout dire et revendiquer, je priais avec une foi naïve, je trouvais le réconfort dont j'avais besoin. Et j'ose affirmer que cela me suffisait. Du moins je m'en contentais.

Tout cela m'a obligée à être autonome et responsable avant l'âge de raison. Mais de cette enfance et de la ligne directe que j'avais en quelque sorte établie avec la bonne Vierge viennent probablement toute la force, toute l'énergie, toute l'endurance qui m'ont permis, plus tard, d'affronter le destin.

Et, surtout, de ne jamais pleurer devant Vincent.

*
**

Maman a rencontré un autre homme et l'a rapidement épousé.

Je devais avoir un peu plus de trois ans, mais cela n'a rien changé à ma situation : je suis restée chez ma grand-mère.

Deux filles sont nées de ce mariage qui n'a pas tenu, mon premier beau-père ayant très vite révélé sa vraie nature. La violence de son caractère était telle que ma mère a dû se résoudre à demander le divorce, mais sans se séparer de ses nouveaux enfants.

Heureusement pour elle, plus tard maman a réussi à refaire sa vie. Elle s'est remariée et, enfin, elle a pu fonder une famille solide qui s'est enrichie par la suite de deux fillettes supplémentaires.

En attendant, quand ma mamie est décédée, j'ai dû quitter la Normandie, vers l'âge de onze ans, pour rejoindre ma mère, mon deuxième beau-père et mes deux premières sœurs qui demeuraient alors à Suresnes, dans la banlieue ouest de Paris.

La greffe n'a pas trop bien réussi.

Arrivée de ma campagne, je me suis sentie à l'étroit. Mal à l'aise. Un peu sauvageonne, j'avais mes habitudes et mes façons d'être. Alors Yves et Janine, des amis de mes parents, ont un temps pris le relais. Puis j'ai été mise en pension dans un foyer de jeunes filles dirigé par des religieuses. Celui-ci était situé avenue Beaucour, dans le huitième arrondissement de Paris.

Ensuite maman, je l'ai dit, a accouché par deux fois. J'avais quatre petites sœurs, désormais !

Bien qu'étant séparée d'elles par l'âge, une partie de nos origines et le lieu de domicile habituel, je ne les ai jamais considérées comme des demi-sœurs – d'ailleurs je n'aime pas ce mot – mais comme des sœurs à part entière. Oh, certes, je ne les voyais pas aussi souvent que je l'aurais voulu et nous avons parfois eu quelque mal à nous comprendre. Néanmoins, cela ne nous a pas empêchées de former une fratrie.

Quant aux autres « sœurs », les religieuses du pensionnat, elles ont constitué pour moi une seconde famille, avec des repères chaleureux, tissant des liens dont certains ne se distendront pas.

*
**

C'est à l'âge de dix-huit ans que j'ai décidé de retrouver la trace de mon père biologique, et si possible de faire sa connaissance.

Je ne savais rien de lui jusqu'à ce que l'une de mes tantes m'avoue ses nom et prénom, et m'indique qu'il devait demeurer du côté de Caen. Alors j'ai mené l'enquête. Rien de très compliqué, en fait, puisqu'en tout et pour tout il m'a suffi d'ouvrir l'annuaire téléphonique local à la page de son patronyme pour obtenir son adresse, laquelle se confondait avec celle du café-restaurant qu'il exploitait. Ce ne pouvait être que lui, car il n'avait pas d'homonyme caennais dans les colonnes du Bottin.

L'une de mes copines du foyer possédait une 2 CV. Elle ne se fit pas prier pour se lancer dans l'aventure, et deux autres pensionnaires nous ont accompagnées pour achever de me donner du cœur au ventre. C'est ainsi qu'à l'improviste, par un beau dimanche, Annie, Coco, Fanfan et moi avons pris la route pour nous rendre dans la capitale bas-normande.

Je n'oublierai jamais cet après-midi-là, ni mon émoi lorsque nous avons pénétré dans l'établissement. J'étais submergée d'espoir et d'angoisse à la fois. Mille questions me taraudaient. Mon père serait-il là ? Serais-je déçue, oserais-je seulement l'approcher ? Était-il marié, avait-il eu d'autres enfants et, si je me présentais à lui, serait-il content de me voir ?

Rien de moins sûr !

En proie à l'inquiétude, mesurant enfin toute la folie de notre expédition, nous nous sommes assises autour d'une table et nous avons sagement commandé quatre chocolats chauds. Puis, en échangeant nos impressions à voix basse, nous avons cherché, du coin de l'œil, à reconnaître l'éventuel auteur de mes jours.

— Regarde, je suis sûre que c'est lui, m'a subitement chuchoté Annie en m'avertissant d'un coup de coude pour me désigner assez peu discrètement l'homme qui venait d'apparaître dans notre champ de vision. C'est incroyable comme il te ressemble...

— Chut, tais-toi, tu vas nous faire remarquer ! lui ai-je rétorqué, complètement affolée.

N'en pouvant plus, je m'apprêtais presque à fuir lorsque, un instant plus tard, il s'est produit une chose inouïe, inattendue et véritablement confondante. Une sorte de miracle simple, un raccourci en fondu enchaîné comme on en voit dans certains films.

Le monsieur que nous observions à la dérobée s'est tout à coup dirigé vers notre table en me dévisageant, et a rompu le silence pour me dire :

— Mademoiselle, je crois que vous souhaitez qu'on se parle, vous et moi... Allons faire quelques pas, si vous le voulez bien.

Là-dessus, toute tremblante, je l'ai suivi sans hésiter. C'est alors qu'en nous voyant passer devant lui, un client n'a pu se retenir de lancer à la cantonade :

— Ben ça, Jacques, heureusement que je te connais, sinon je dirais que c'est ta fille !

Mon père, lui, l'avait déjà compris.

De lui, jusqu'ici, je n'avais vu qu'une petite photographie prise en compagnie de ma mère, du temps de leurs dix-neuf ans. Il avait beaucoup changé dans l'intervalle, mais cela n'a pas empêché l'évidence de s'imposer sur-le-champ. Jacques était bien mon père et j'étais bien sa fille. La conversation que nous avons eue cet après-midi-là a levé tout doute à ce sujet, s'il en était besoin. Car au-delà même du fait qu'il se souvenait parfaitement de maman, notre ressemblance était manifeste et nos cœurs se sont immédiatement accordés pour vibrer à l'unisson d'une sorte de coup de foudre réciproque.

Le soir tombé, après trois ou quatre heures de promenade et de confidences partagées, malgré la magie de l'événement nous avons dû nous résoudre à repartir chacun de son côté. Il me fallait bien retourner au foyer, mes copines m'attendaient...

Mais la séparation n'allait pas se prolonger : nos premières retrouvailles ont été suivies de beaucoup d'autres, et nous avons vécu six ou sept mois d'un bonheur sans le moindre nuage, pressés de rattraper le temps perdu, impatients de tout nous raconter, excités par la chance qui nous était offerte d'avoir pu renouer d'une façon si facile.

Ensuite ? Eh bien, tout doucement, le plaisir s'est émoussé. Le feu qui nous animait a baissé d'intensité. Des petites disputes et des brouilles nous ont opposés.

Nous n'avons pas rompu. Nous ne nous sommes même pas fâchés ; simplement, nos rendez-vous se sont espacés et nos relations distendues. Jacques n'a pas voulu assister à mon mariage ni participer à nos fêtes de famille, cela en raison de la présence de ma mère. Il est vrai que sa propre épouse d'un côté et mon beau-père de l'autre n'auraient peut-être guère apprécié...

La dernière fois que j'ai vu mon père, Vincent avait sept ans.

***

Avec mes petites sœurs, il en est allé autrement. Trois d'entre elles continuent de me voir régulièrement et je les aime toutes de tout mon cœur. La dernière – Nathalie – n'ayant que quatre années d'écart avec le premier de mes fils, Laurent, on comprendra que je la chérisse particulièrement. Ainsi que Christine, d'ailleurs : je les considère plus comme mes propres filles que comme de vraies sœurs.

Parmi les deux aînées, je mets Patricia à part. Longtemps, j'ai eu l'impression que nous étions trop dissemblables pour bien nous entendre. Il faut dire que cette battante n'avouait pas volontiers ses sentiments, même si derrière une solide carapace elle cachait une gentillesse et une générosité hors du commun. Mais les circonstances se sont chargées de nous rapprocher.

Quand Vincent a eu son accident, elle n'a pas hésité à venir tous les deux mois de la Guadeloupe, où elle vit, pour passer chaque fois une semaine avec moi. Il y a eu là quelque chose de très fort et d'infiniment précieux dont je lui suis redevable. Ensemble, nous avons revisité nos enfances et nos adolescences respectives. Nous avons appris à mieux nous connaître, et il s'en est suivi une complicité qui m'a été d'un grand secours.

*
**

L'institution religieuse dont j'ai été la pensionnaire pendant quelques années, un ancien couvent, s'occupait de jeunes filles en difficulté ou éloignées de leurs parents. Une douzaine de petites sœurs y assuraient un encadrement très strict sur le plan de la discipline, comme on peut s'en douter. Cela ne me gênait guère, car je n'étais en révolte contre rien ni personne. Ma grand-mère m'ayant habituée à respecter un certain nombre d'exigences et à me prendre en charge par moi-même, mon caractère plutôt docile m'a permis de me couler sans problème dans le moule imposé.

Du coup, j'ai également conservé de bons souvenirs de cette période de mon adolescence. En formant autour de moi une sorte de nouveau cocon familial, ces religieuses aussi jeunes que dévouées m'ont aidée à me reconstruire après le décès de ma mamie.

Et à devenir une femme.

À sœur Marie-Patrice je pouvais tout dire, comme à une grande amie. Et j'ai peu à peu tissé puis entretenu de si bonnes relations avec la mère supérieure de cet établissement, sœur Annonciade, que nous sommes devenues très proches et que j'en suis arrivée à la considérer comme une confidente, une deuxième maman. Nous ne nous sommes jamais perdues de vue depuis lors.

Sœur Annonciade est une personne aux qualités sans pareilles. Attentive, humaine, ouverte, intelligente et capable de tout donner, elle a toujours répondu présent lorsque j'ai eu besoin d'elle, que les jours fussent heureux ou sombres. Quand le pire est arrivé, elle est souvent venue à Rouen puis à Berck avec sœur Marie-Patrice voir mon Vincent, à la différence de beaucoup de gens qui ont préféré détourner les yeux parce que la souffrance leur fait peur, ou parce qu'ils craignent qu'elle ne soit contagieuse.

Toutes deux m'ont beaucoup réconfortée, ne serait-ce qu'en m'écoutant lorsque je ne savais plus vers qui me tourner. Et quand mon fils m'a demandé de l'aider à partir, Annonciade ne m'a pas fait de prêchi-prêcha mais la plus belle recommandation qui soit.

— La solution, m'a-t-elle dit, tu la trouveras dans ton cœur.

C'est bel et bien comme cela que je l'ai trouvée.

J'ai la foi, celle du charbonnier, je l'admets volontiers, mais je ne suis pas confite en bigoterie. L'hommage que je rends à ces personnes rares n'a donc rien à voir avec la religion, ni avec je ne sais quelles convenances. Seules l'affection et la reconnaissance le motivent. Encore que... je reviendrai sur le problème de Dieu dans le cas de conscience qu'a pu poser à certains croyants la mort de Vincent.

*
**

Au cours de ma quinzième année, un accident me vaut d'être hospitalisée. Admise dans une grande salle commune d'une vingtaine de lits, parmi des personnes âgées ou en fin de vie, je me sens abandonnée, définitivement différente des autres, au fin fond du désespoir. La tête cachée sous le drap, je sanglote.

Subitement, quelqu'un soulève mon drap. Éberluée, je crois avoir une vision. Vivre une apparition surnaturelle. Ou être directement montée au paradis. Car là, penchée au-dessus de moi, se tient un ange. Une jeune femme blonde, rayonnante de beauté.

— Bonjour, me lance l'inconnue au regard lumineux. Moi, je m'appelle Marceline. Je suis l'infirmière de jour et je vais m'occuper de toi. Comment t'appelles-tu, et pourquoi pleures-tu ?

Je ne sais pas ce que j'ai pu trouver à lui répondre, mais sur le coup mon chagrin s'est envolé. La chance m'a souri. Dorénavant chaque matin, au petit déjeuner, je vais me voir offrir un ou deux croissants. Mieux : à sa propre demande – les soirs où elle ne travaille pas –, ma providence obtient l'autorisation de m'emmener dormir chez elle.

Pour quelle raison s'est-elle intéressée à moi, en quel honneur m'a-t-elle prise sous son aile ? Parce que mon cas et ma détresse l'ont émue. Elle-même est orpheline et a dû se battre pour s'en sortir. Une leçon de courage. Sa sollicitude et nos conversations vont d'ailleurs m'apprendre à relativiser mes doutes, mes petits malheurs, au point de recouvrer le goût de vivre.

Chère Marceline, merci... Les années ont passé, mais nous avons gardé le contact. Je suis même devenue la marraine de l'une de ses jumelles, Karine.

***

J'ai commencé à travailler à seize ans, comme standardiste à la caisse centrale du Crédit coopératif, avenue Hoche, tout en continuant de rentrer chaque soir au foyer de l'avenue Beaucour.

Et lorsque j'acquiers mon indépendance, quelques années plus tard, c'est pour la perdre aussitôt, car je fréquente déjà celui qui va devenir mon ex-futur mari.

Pressée que je suis de fonder ma propre famille, d'avoir ma maison et des enfants, je me fiance à dix-huit ans et me marie l'année suivante. Autant dire trop tôt, trop vite, trop naïve parce que sans expérience et avant même d'avoir le droit de voter, la majorité étant encore fixée à l'âge de vingt et un ans.

Le bonheur a pourtant été au rendez-vous avec la naissance de mes trois fils, les trois hommes de ma vie que sont Laurent, Guillaume et Vincent, respectivement nés en 1974, 1975 et 1981. Ils sont ce dont je suis le plus fière, ceux qui comptent le plus pour moi. Et chacun à sa manière, ils m'ont valu les plus grandes joies que j'ai connues.

Entre-temps, nous avions quitté la région parisienne et pas mal bourlingué en province avant d'emménager dans le département de l'Eure, à Francheville. Un ravissant village normand situé à mi-chemin de Breteuil-sur-Iton et Verneuil-sur-Avre, à cent vingt kilomètres de la capitale.

Laurent et Guillaume avaient trois et deux ans. Ce pays d'Avre et d'Iton, qui porte le nom des rivières du coin, Vincent y est né et l'a habité jusqu'à sa dix-neuvième année.

Et j'en suis partie avec lui.

2

Jours tranquilles à Francheville

Là-bas, dans *son* village, je ne suis pas retournée depuis longtemps. Nous l'avons quitté lorsque j'ai divorcé et que nous avons emménagé, Vincent et moi, dans un appartement de Verneuil-sur-Avre, au début de l'an 2000, neuf mois avant que se produise l'accident.

Là-bas, à Francheville, il y a tant de visages connus, tant de fantômes et de souvenirs !

Je revois tout. La grand-place carrée avec l'église et la mairie qui, bien que séparées par la route, en forment l'un des angles. Les bancs sur lesquels Vincent et ses copains s'asseyaient, tandis que je me rendais à la boulangerie ou à la supérette. La rivière où ils pêchaient à la ligne. Les courts de tennis et le terrain de foot où ils se livraient à des matches acharnés et sans fin. La petite école communale (deux classes à plusieurs niveaux chacune), sa cantine et sa cour de récré, aujourd'hui encore fréquentées par deux de mes petits-enfants. L'usine de bigoudis où j'ai travaillé. Et notre jolie maison, bien sûr. Le lilas mauve que j'avais planté devant notre porte à la naissance de Vincent, et qui embaumait tellement à la belle saison. Une vraie splendeur. Sans oublier ces fêtes de Noël que toute la famille, mes quatre sœurs comprises, venaient célébrer chez nous...

Si j'osais un jour remettre les pieds dans les traces du passé en allant me promener à Francheville, d'un instant à l'autre je m'attendrais à croiser *son* parfum, à entendre aboyer *sa* chienne Juju puis résonner l'écho de *son* rire, de *sa* voix ou de *son* pas derrière moi, juste avant qu'il ne me saute au cou. Cela me vaudrait des larmes. J'en ai déjà beaucoup versé, c'est pourquoi je préfère éviter l'épreuve.

Côté nostalgie, dans les coups de blues, feuilleter mon album de photos me suffit.

Toutes les mamans du monde qui ont perdu un enfant me comprendront, parce qu'elles savent bien ce qu'il en est. La fille ou le fils disparu continue pour toujours de faire partie intégrante d'elles. De constituer la chair de leur chair. Il paraît qu'il en va de même chez ceux que l'on a amputés d'un bras ou d'une jambe : ce membre qui leur manque, ils ont parfois l'impression de le sentir encore, voire l'illusion de pouvoir le bouger.

*
**

Mon Titi...

Enfants, ses grands frères Laurent et Guillaume ont eu droit aux diminutifs de « Lolo » et « Guigui ». Vincent, pour sa part, s'est vu décerner les surnoms de « Chouchou » et surtout de « Titi ».

Ce dernier surnom, celui que j'employais le plus souvent, lui est venu je ne sais trop comment. Peut-être parce qu'il était le plus petit des trois, tout bêtement ! Ou, plus probablement, parce qu'il a très tôt adoré regarder ce dessin animé où un gentil canari – Titi – est sans cesse poursuivi par un matou qui rêve de n'en faire qu'une bouchée et qui parle avec un cheveu sur la langue. Le chat a beau multiplier les camouflages, les subterfuges et les ruses pour l'approcher, il y a toujours un moment où l'oisillon finit par s'exclamer :

— Tiens tiens, j'ai cru voir un 'ros minet !

De Titi, son personnage préféré, Vincent possédait plusieurs posters et quelques peluches dans sa chambre. Je les ai bien sûr conservés.

Sauf que voilà : depuis la tragédie, la collection s'est étendue au point, je le crois, d'être devenue l'une des plus complètes qui soient au monde. De tous les coins de la France et même depuis des pays étrangers, parmi les milliers de courriers de soutien et d'amitié que l'on nous a adressés, des gens simples ou émus – particulièrement des jeunes – nous en en ont envoyé toutes sortes de modèles, dans toutes les tailles et toutes les versions imaginables.

C'est ainsi que boîtes à sucre ou à gâteaux, tasses, verres, assiettes, ustensiles de cuisine, réveille-matin, bracelets-montres, porte-clés, stylos, enveloppes et papier à lettres, linge de maison, savonnettes, pantoufles et tee-shirts à l'effigie de ce canari – j'en oublie sûrement – se sont entassés dans mon bric-à-brac au point de m'y disputer la place.

Mais ils ne me gênent pas ! Au contraire, ils me murmurent des mots d'amour et veillent sur moi en me rappelant que je ne suis pas abandonnée.

Les trois frères s'entendaient vraiment à merveille. Je n'idéalise pas : leur solidarité a toujours été sans faille. Mon Titi vouait une admiration sans bornes à ses aînés qui, bien que de caractères différents, veillaient aussi jalousement sur lui que sur moi, ce qui n'est pas peu dire. D'ailleurs il les prenait pour exemple en toutes choses, partageant la plupart de leurs jeux, goûts et passions.

Depuis la pratique du football et du tennis jusqu'aux parties endiablées sur consoles électroniques en passant par les chahuts d'ados, les ribambelles de copains, les fêtes et les premières sorties en boîte, entre eux ce fut le culte de l'insouciance et de la joie de vivre.

Mais pas seulement. L'envie de se rendre utile a également conduit Vincent, marchant sur les brisées de Laurent, à s'inscrire dès onze ans, comme cadet, à l'école des pompiers volontaires. Les après-midi des mercredis et des samedis y furent sacrifiés au centre de secours de Breteuil-sur-Iton jusqu'à ce qu'il soit nommé sapeur de 2e classe.

Choisir de respecter une discipline quasi militaire et suivre une formation rigoureuse, s'astreindre à des entraînements et à des tours de garde réguliers pour intervenir jour et nuit et porter les premiers secours aux blessés est chose plutôt rare chez un garçon à peine sorti de l'adolescence, même par admiration d'un grand frère ou fierté de porter l'uniforme. Il faut avoir une certaine maturité, un minimum d'équilibre et le cœur bien accroché, qualités qui ne faisaient évidemment pas défaut à Vincent.

Cela dit, mon Titi n'était pas un saint et m'avait réservé, pendant son jeune âge, son lot de bêtises en tout genre, me cachant les plus énormes avec la complicité protectrice de ses frères. Rien de grave, bien sûr, mais le secret avait été jalousement gardé jusqu'à ce qu'il m'avoue ses forfaits par la suite, sur son lit de grande misère. Des histoires de gamins qui m'ont bien fait rire et ouvert les yeux sur la belle solidarité de mes garçons.

Car si Titi n'a pas toujours évité quelques paires de claques de ma part, avec son sourire angélique il savait se faire couvrir par ses aînés. Pour échapper à mes distributions d'avoinées (pas si courantes que ça, n'exagérons pas...), les trois compères avaient d'ailleurs mis au point un stratagème. Quand il ne fallait pas trop me chatouiller mais au contraire me manipuler avec des pincettes, le premier au courant de mon humeur prévenait les deux autres en sifflotant, l'air de rien, quelques mesures des *Yeux revolver*, une chanson de Marc Lavoine. Il paraît que je les avais lorsque j'étais en pétard, et j'en sais maintenant la mélodie par cœur.

*
**

Au sortir du lycée, ses premiers boulots par intérim n'ont pas détourné Vincent de la voie qu'il s'était tracée. Au moment de l'accident, il se préparait à passer le concours d'admission aux pompiers de Paris : il avait comme Laurent l'ambition chevillée au cœur de devenir l'un de ces professionnels dont la magnifique devise est « Sauver ou périr ».

Même à la campagne, un pompier volontaire ne se contente pas de surveiller les bûchers de la Saint-Jean et le tir des feux d'artifice du 14 Juillet. Vincent savait ce qui l'attendait. Les bobologies diverses, les caves inondées, les accidents domestiques et les accouchements prématurés ne sont qu'une routine, il avait appris à y faire face.

Quant à l'épreuve du feu, il l'avait subie en luttant contre un spectaculaire brasier. Dans un champ, une machine agricole avait tant et si bien surchauffé qu'elle s'était transformée en torche, et que les flammes s'étaient propagées dans les chaumes.

L'incendie, attisé par le vent, parcourut plusieurs kilomètres et ravagea des dizaines d'hectares avant d'être circonscrit. Les hameaux environnants furent heureusement épargnés.

Les catastrophes naturelles ? Il y eut droit également, avec les terribles ouragans de la fin décembre 1999. Toitures envolées, routes et chemins coupés par les milliers d'arbres abattus, rivières engorgées qui débordent, les dégâts furent impressionnants mais il n'y eut pas mort d'homme.

Les urgences vitales ? Il les avait rencontrées elles aussi. Avec leur lot de monstruosités. Les chairs meurtries et incarcérées dans des tôles enchevêtrées au beau milieu d'une chaussée, il y avait été confronté. Et même à la mort, jusqu'à découvrir un jour le corps sans vie d'Éric, un copain motard. Pour la première fois, il eut le cœur au bord des lèvres.

Vincent et Laurent parlaient sans cesse de tout ça et de leurs histoires de caserne lorsqu'ils se retrouvaient au cours des repas. Et toujours prêts à « décaler » (comme on dit dans le jargon des pompiers), l'été comme l'hiver ils vivaient fenêtres ouvertes – à mon grand dam –, de façon à bien entendre l'éventuel appel de la sirène d'alarme.

Au cas où.

Je ne veux pas faire passer Vincent pour un modèle de vertu ou un héros. Héroïque, il le sera plus tard, à sa manière et à son heure. C'était juste un gars bien, droit, posé, solide, avec la tête sur les épaules et tout l'avenir devant lui. Comme Laurent, Guillaume et beaucoup d'autres jeunes, en somme, sinon qu'il avait une conscience aiguë de la valeur de la vie. Et pour cause...

Ainsi, pas question pour lui, en voiture, de s'affranchir du Code de la route et spécialement des limitations de vitesse. Ni de prendre le volant après avoir bu un coup de trop. À quiconque s'y risquait, d'ailleurs, il ne manquait pas de faire vertement la leçon.

Il savait pourtant se lâcher, s'amuser, plaisanter et rire, faire l'idiot et sortir avec ses potes jusqu'à pas d'heure. Seulement voilà. Soit il restait sobre et tout le monde pouvait compter sur lui pour rentrer chez soi, soit il avait pris des dispositions pour ne pas avoir à conduire lui-même.

Ses frères ne vivaient déjà plus à la maison de Francheville quand nous avons quitté ce village en raison de mon divorce. Laurent était aux pompiers de Paris, et Guillaume exerçait son métier d'électromécanicien à Breteuil-sur-Iton. Vincent, lui, m'a suivie à Verneuil juste après les célébrations du troisième millénaire, et sa « copine », comme disent les jeunes d'aujourd'hui, est venue s'installer avec nous. Le temps de nous organiser et notre existence a repris un cours normal. Certes nous étions plus à l'étroit qu'auparavant, mais mon Titi et Caroline rayonnaient d'amour : cela faisait plaisir à voir.

Je me doutais, en voyant ces deux tourtereaux caresser des projets communs, qu'un jour viendrait où ils prendraient leur envol. L'idée que je n'allais pas tarder à me retrouver seule me faisait tout drôle, bien que me paraissant dans l'ordre des choses. Au moins, grâce à cette cohabitation transitoire, avais-je le temps de m'y préparer.

Et puis Delphine, épouse de Guillaume depuis le 26 août, était enceinte. Vincent serait le parrain, j'allais devenir grand-mère et pouvoir de nouveau pouponner de temps en temps...

Mes enfants étant heureux, je l'étais. Que souhaiter d'autre ? Que demander de plus ?

3

Un dimanche sans histoire...

24 septembre 2000. Ce dimanche-là, je suis partie rendre visite à ma mère, à Tortisambert, près de Livarot. Comme chaque année à pareille époque, après avoir cueilli quantité de mûres, nous nous sommes lancées dans la fabrication de cette confiture dont mes garçons raffolent, et spécialement Titi. Nous avions prévu un nombre de pots en conséquence...

Durant toute la journée, Vincent a remplacé, à la caserne, un collègue qui avait un baptême dans sa famille. Il devrait être relevé à dix-huit heures. Peu avant il me passe un coup de fil, comme il le fait si souvent... pour me donner de ses nouvelles et surtout pour prendre des miennes. Dès que je me trouve un peu loin de lui, il s'inquiète pour moi. Ah çà, on peut dire que je suis surveillée !

De son côté, mon fils n'a pas grand-chose à raconter. La fin de ce week-end, pour une fois, a été sans casse ni blessés. « Un dimanche sans histoire », me dit-il. Ses projets ? Peut-être ira-t-il au cinéma avec Caroline, à la séance du soir. En attendant, puisque ma partie de confitures touche à sa fin, il me presse de rentrer. Je le rassure. Demain matin, je serai fidèle au poste. Dix-huit heures viennent justement de sonner lorsque nous nous disons au revoir.

Je n'entendrai plus jamais sa voix.

*
**

Une heure plus tard, bien malgré lui, Vincent traîne encore à la caserne. Le collègue qu'il a remplacé, normalement d'astreinte, revient tout juste de son baptême. Le téléphone sonne. C'est Caroline. Elle s'impatiente. Déjà qu'elle a été privée de son amoureux depuis le matin ! Et puis elle tient à ce qu'ils se payent une toile. Il est vrai que le film à l'affiche du Trianon est autrement plus alléchant que les programmes de la télé.

Titi saute donc dans sa Clio. Mais il n'appuie pas sur l'accélérateur pour autant : il conduit tranquillement, comme de coutume, sachant qu'il arrivera suffisamment tôt pour ne pas rater le début de la projection. Mieux, même, il aura largement le temps de manger un morceau avant.

La voie est libre. Pas comme sur la nationale 12, de l'autre côté de Verneuil-sur-Avre. Là, tous les dimanches, à la belle saison, les Parisiens de retour du Perche se bousculent dans l'espoir de regagner la capitale avant la fin du journal de vingt heures. Faut-il préciser qu'ils y parviennent rarement ?

Devant Vincent, la petite route en lacet est complètement dégagée, la chaussée sèche, et le soleil pointe encore à l'horizon. Une vraie partie de plaisir...

Bien sûr, je n'étais pas présente. Mais entre les rapports de gendarmerie, les supputations des uns et des autres et mes propres efforts de compréhension, il n'est pas difficile d'imaginer la scène.

La Clio de Vincent aborde les faubourgs de Verneuil. Il roule sagement à cinquante kilomètres à l'heure, grand maximum, comme un panneau l'y autorise.

Soudain, un semi-remorque débouche pleine face d'un virage. Que peut-il bien foutre là, un dimanche soir ? Pas le temps de se poser la question.

Pas assez de place non plus pour que les deux véhicules puissent se croiser.

Dans un ultime réflexe, Vincent écrase la pédale de freins et se déporte sur la droite.

Sa manœuvre est à deux doigts de réussir.

Par malheur, en mordant sur le bas-côté, son pneu avant-droit éclate inexplicablement.

De toute façon, les explications sont inutiles. Vincent n'a plus le contrôle. Sa voiture s'est déjà encastrée sous l'essieu arrière de la remorque.

Un choc et un bruit effroyables, puis le silence.

Un silence de mort.

Ayant immédiatement perdu conscience, Vincent ne s'est rendu compte de rien.

Et il ne se souviendra de rien.

*
**

Bientôt rejoints par une unité du Samu et des gendarmes, les pompiers de Breteuil-sur-Iton – la caserne de Vincent – s'affairent sur les lieux du drame. Quelques instants leur suffisent pour mesurer l'extrême gravité de l'accident et des blessures infligées à leur pote.

Le pronostic ? Il n'est même pas sûr qu'ils puissent l'extraire de là vivant.

Commence alors le long et délicat travail de désincarcération. Écarteurs, vérins et pinces coupantes entrent en jeu. Tout est mis en œuvre pour tirer le conducteur de sa gangue métallique, et c'est miracle qu'ils y parviennent.

Vincent, tombé dans le coma, est aussitôt perfusé et placé sous assistance respiratoire, puis transporté d'urgence à l'hôpital d'Évreux.

Son cœur n'a pas lâché.

Il est près de vingt heures à Tortisambert. Je sors de la salle de bains. Ayant enfilé mon pyjama, je m'apprête à aller regarder la télé quand la sonnerie du téléphone se fait entendre. Je décroche.

C'est le père de Caroline.

— Allô, Marie ?

— Oui, c'est moi. Que se passe-t-il ?

— Vincent a eu un accident. Il est à l'hôpital d'Évreux. Il faut que tu viennes.

— C'est grave ?

— Oui.

— J'arrive.

— Fais vite, on t'attend.

Je me rhabille dans un état second. L'impression de vivre un cauchemar au ralenti. Quand je ressors de la salle de bains, mon beau-père est déjà à bord de sa voiture, prêt à démarrer.

Je ne sais pas encore que ma vie vient de basculer. Et que celle de mon fils est fichue. À dix-neuf ans et demi !

*
**

Vingt-trois heures. Je me présente à l'entrée du service de réanimation.

On me prend tout de suite à part, et ce dont on m'informe n'a rien de rassurant. Les traumatismes de Vincent, toujours plongé dans un coma profond, sont trop importants pour l'hôpital d'Évreux. Il va falloir le transférer au CHU de Rouen, beaucoup mieux équipé pour l'opérer.

On parle de l'embarquer en hélicoptère. Puis on se ravise. À cinq heures du matin, l'ambulance du Samu se voit confier la mission. Il n'est même pas dit que Vincent tiendra jusqu'au bout du voyage. On m'a à peine laissé le temps de l'entrevoir, et je n'ai pas aperçu grand-chose d'autre que du sang, des pansements, des bandages, des fils, des tuyaux et des appareils de toute sorte.

Laurent, Guillaume, leur père et Caroline, accourus eux aussi à l'annonce de l'horrible nouvelle, chacun suit. Heureusement que je ne suis pas seule.

Mais mon Dieu, comment peux-Tu permettre cela ?

4

La lutte pour la vie

Centre hospitalo-universitaire de Rouen. Une formidable machine à sauver les vies et à réparer les chairs blessées, impeccablement tenue et bien huilée. Mais une machine paradoxalement déshumanisée où l'on se sent perdu, un numéro anonyme, faute de repères et d'interlocuteurs.

Comme dans tous les grands hôpitaux, on a rarement affaire aux mêmes personnes. Du coup on ne vous reconnaît pas.

Le personnel soignant court sans cesse. Chacun est débordé. Soi-même on se précipite d'un chirurgien, d'un médecin et d'une infirmière à l'autre, sans jamais obtenir de réponse claire, d'information précise, ne serait-ce qu'un simple diagnostic en bonne et due forme.

Il conviendrait d'aller voir M. Untel, mais M. Untel est introuvable, indisponible, déjà reparti vers un nouveau patient, une nouvelle urgence. Ou alors on s'est trompé d'étage, de couloir, de porte, on a mal compris le nom. Le temps de réaliser qu'on s'est égaré, de retrouver le bon chemin dans ce dédale de plusieurs kilomètres, et c'est trop tard, l'oiseau s'est déjà envolé. Alors on ne sait plus où donner de la tête, à qui se vouer. Une histoire sans fin. Il faut attendre, toujours attendre. Prendre sur soi, et son mal en patience...

Des bribes de renseignements me parviennent néanmoins. Vincent est toujours dans le coma. Sous surveillance. Soumis à des examens. Des analyses sont en cours. Il passe des radios. Il est à l'anesthésie. Puis sur la table d'opération. Ensuite les interventions se succèdent, ainsi que les séances de réanimation. J'ai beaucoup de difficultés à suivre sa trace. Avec l'impression d'être en trop, pas vraiment à ma place. De gêner, de déranger partout où je me tiens.

Je ne réclame pourtant pas grand-chose. Je me doute bien que, pour l'instant, on ne peut pas me laisser approcher mon fils. Je voudrais seulement qu'on me rassure. Ce que, justement, l'on ne peut pas se permettre de faire. Du moins à ce stade.

Je suis seule, livrée à moi-même. Les uns, tels Guillaume et Laurent, ont dû partir au travail. Et les autres ne tenant plus debout, tel mon beau-père, je les ai poussés à regagner leurs pénates. En échange d'une promesse : celle de les tenir régulièrement au courant.

De mon côté, j'ai prévenu la banque qui m'emploie de mon absence pour plusieurs jours.

Les heures passent. Les équipes se renouvellent. Où en est-on ? Mystère. Mais le pire n'est pas là. Le pire est ce que l'on craint : que quelqu'un vienne vous annoncer que c'en est fini. Qu'il a rendu son dernier souffle. De surcroît loin de vous. Avant que vous n'ayez pu l'embrasser, le serrer contre votre joue, lui chuchoter des paroles de réconfort...

On tient comme on peut. On veut surtout se rassurer. Il est entre de bonnes mains. Il va forcément s'en sortir. Seulement voilà, comment se rendre utile, que faire pour l'aider, vers qui se tourner ? Alors on supplie Dieu, la Vierge, le Christ et tous ses saints familiers d'intercéder, de se manifester, d'accomplir quelque chose.

Rien à faire, le cauchemar continue et la fatigue s'en mêle.

On fume cigarette sur cigarette, on avale café sur café, mécaniquement, plus pour tromper son impuissance et s'occuper les mains que pour rester éveillé. On attrape l'un des magazines oubliés sur la table. On l'ouvre. On le feuillette, incapable de fixer son attention, et même de comprendre les titres qui dansent sous vos yeux. Les phrases et les mots n'ont plus de sens. On repose le journal. On se relève. On réattaque les cent pas. Et on sursaute dès qu'une blouse blanche fait son apparition un dossier sous le bras.

Fausse alerte, ce n'est pas celui de Vincent.

Les heures s'enchaînent. Les questions se bousculent. Obsessionnelles. Pourquoi lui ? Pourquoi ce camion à cet endroit-là, et à ce moment-là ? Pourquoi ce pneu ? Pourquoi, pourquoi et pourquoi ? Une minute plus tôt, une minute plus tard, ou sur une autre route, rien ne serait advenu. Où est l'erreur ? À qui la faute ?

On se rassied. Ou plutôt on s'écroule. En pleine détresse, on se prend la tête dans les mains. Ce n'est pas possible. On a envie d'exploser, de taper contre les murs, de se révolter, d'en appeler au monde entier, de crier que c'est trop injuste. Qu'il y a maldonne. Qu'il n'est pas comme les autres. Que c'est un cas à part, et qu'il n'a pas mérité ça. Et la litanie du même scénario reprend depuis le début.

Avec son sempiternel refrain, ce goût de malheur, cette épouvantable peur au ventre qui envahit tout.

*
**

Le lundi 25 septembre s'achève sans que je sois plus avancée. Soudain, on vient me signifier que je ne peux pas rester là. Le service doit fermer ses portes au public jusqu'au lendemain matin.

— Ne vous inquiétez pas, vous savez, on s'en occupe...

— Ah bon, et moi ?

Ils en ont de bonnes. Partir, d'accord, mais pour me rendre où ? Je n'ai nulle part où aller !

Rentrer à la maison, je ne le peux pas. Je n'ai pas de voiture, je ne conduis pas, et quelle que soit l'heure du jour il n'existe aucune liaison directe entre Rouen et Verneuil-sur-Avre, Tortisambert ou Livarot. Par le chemin de fer, on est dans tous les cas obligé de transiter par Paris. Je ne vais quand même pas faire du stop, et encore moins planter là Titi, l'abandonner à son sort. N'ont-ils pas d'enfants, ces gens-là ? C'est mon fils, quand même, et il a besoin de moi !

Me dénicher une chambre d'hôtel, pas question non plus : je n'ai pas assez d'argent sur moi. Comment pouvais-je prévoir ? Alors quoi, que voulez-vous que je fasse dehors ? Dois-je errer toute la nuit dans les rues de la ville, ou me coucher sous un pont ?

Non. On se montre un peu compréhensif, on n'ira pas jusqu'à m'imposer ça. Une seule solution, provisoire bien sûr : que l'on m'admette aux urgences. Je m'y contenterai d'un fauteuil.

M'aurait-on offert un lit, de toute manière, que je n'aurais pas pu m'endormir de la nuit. Avec la quantité de cafés que j'ai bue et dans l'état d'inquiétude où je suis, aucun somnifère n'aurait produit son effet.

*
**

Mardi matin, 26 septembre 2000. Vincent est toujours dans le coma, mais toujours vivant. Cela seul compte à mes yeux : qu'il soit vivant. Contre vents mauvais et marées contraires, je conserve l'espoir qu'il s'en sortira.

Puis j'apprends petit à petit que mon fils a eu la rate éclatée, et le foie atteint. Le choc qu'il a subi a provoqué un profond traumatisme, suivi d'un œdème tellement énorme qu'il a fallu lui ouvrir le crâne. Il a été opéré pour tout ça, puis des jambes. Pour lui permettre de respirer, on a pratiqué une trachéotomie.

Je reçois l'annonce de cette suite d'interventions comme autant de coups de marteau sur la tête. Mon Titi ! Mais dans quel état se retrouve-t-il ? La rate, le foie, le crâne, les jambes... Autant d'opérations réussies, semble-t-il, puisqu'il est encore là. Je rassemble mes forces, me raccroche à cet espoir.

Désormais tout le temps gagné, comme dans une course contre la montre, me paraît de bon augure. Et je prends mes dispositions pour ne pas quitter le navire dans ce moment critique. Laurent et Guillaume vont se relayer pour me livrer les vêtements et les affaires dont j'ai besoin. Et ma mère va m'apporter un peu d'argent.

On m'indique une assistante sociale, que je rencontre. Elle se montre très serviable. Elle va s'arranger pour me dénicher une petite chambre à partager, non loin de l'hôpital, avec deux autres mamans coincées comme moi.

C'est un passe-droit que l'on m'accorde. En effet cet avantage est normalement réservé aux parents des mineurs. Or Vincent a dix-neuf ans. Mais on passe outre les quelques mois de trop...

Sur le plan pratique ce n'est évidemment pas gratuit, mais le tarif est fonction du niveau de l'impôt sur le revenu. Y étant à peine soumise, je n'aurai qu'à payer quatorze ou quinze francs par jour [1] pour cet hébergement de fortune, aussi longtemps qu'il le faudra. Avec mes deux colocataires, nous nous partagerons le reste. Les courses, la cuisine, les repas, la vaisselle, le ménage. Et plus encore : pour nous soutenir mutuellement le moral, nous échangerons des nouvelles quotidiennes de nos pauvres petits.

Finalement, je me dis que cet hébergement représente une certaine chance dans le malheur qui nous frappe. De jour en jour, je m'applique à ne pas perdre courage.

Il m'en faut parfois beaucoup. Un matin, au hasard d'une énième question posée, je me suis vu rétorquer par un interne ou par je ne sais qui que Vincent en est réduit à l'état de « ver de terre ». Comment un soignant, quel qu'il soit, peut-il vous annoncer une chose pareille ? Je suis folle de rage car – rivée à mes espérances – je ne le crois pas !

Une autre fois, l'une des personnes affectées à la salle de réanimation me fait quelques confidences.

— Vous savez, madame, il vaudrait mieux qu'il ne se réveille pas, croit-elle judicieux de me glisser.

Je m'étrangle presque.

— Pourquoi ? Que voulez-vous dire ?

1. À l'époque, on donnait encore les prix en francs.

— Je veux dire qu'il est foutu.

— Alors débranchez-le, s'il est foutu !

— Ah çà, madame, je n'en ai pas le droit.

— Si, laissez faire la nature, je vous le demande !

— Non, madame. Votre fils est majeur, c'est à lui de décider. Pas à vous.

— Mais puisqu'il est dans le coma, il n'est pas en mesure de décider ! Moi, je suis sa mère !

— Désolé, madame.

J'ai parlé de le débrancher par pure provocation. Car ils peuvent bien raconter ce qu'ils veulent, je refuse toujours de les croire. Je refuse de regarder la réalité en face et de céder au fatalisme. Ils ont tort. Mon fils n'est pas un légume, comme ils affectent de le penser. Lui est fort. Il dort comme un bébé, il récupère, il va se remettre un jour ou l'autre, il va se réveiller, ouvrir les yeux et me dire : « Bonjour maman, comment ça va ? »

Et tout repartira comme avant.

L'amour me bande les yeux, me bouche les oreilles. C'est l'unique façon que j'aie de ne pas m'effondrer. De trouver la force de lutter. De m'oublier moi-même et de ne pas me plaindre.

Bientôt, je vais être autorisée à le voir deux heures par jour. Voir est beaucoup dire car, à l'instar d'une momie, il est couvert de pansements et de bandages. Mais c'est déjà ça. Je peux lui parler, le toucher, vérifier que les tuyaux, les fils et les électrodes sont bien branchés, que les moniteurs fonctionnent. Je peux me battre à côté de lui. Étant sa mère, je suis convaincue de pouvoir l'aider.

Il me sait là. Il m'entend. Il me comprend, je le sens, j'en suis sûre.

*
**

Au bout de soixante-douze heures, Vincent peut enfin quitter la salle de soins intensifs.

Il demeure plongé dans le coma, mais le plus gros est passé. Le foie est tiré d'affaire, la rate éclatée a été enlevée, l'œdème crânien traité. Les fractures sont réduites. Je respire un peu. Et je peux jouer mon rôle de mère. M'asseoir à côté de lui. Lui raconter ce qui me passe par la tête. Lui caresser la main, afin qu'il sente ma présence.

Bien sûr, il ne réagit pas. Du moins pas encore. Car cela viendra, j'en suis absolument persuadée ! On peut me dire tout ce qu'on veut, on peut même me regarder comme une folle, je n'en ai cure. Chacun pense ce qu'il lui plaît, moi j'ai la conviction chevillée au corps que mon Titi va finir par émerger. Il mettra le temps qu'il faudra pour remonter la pente, plusieurs semaines si nécessaire, mais il n'en ira pas autrement.

En attendant, quand on ne veut pas de moi à l'hôpital, je visite une à une toutes les églises de Rouen ou presque. Pas pour m'adresser à Dieu : dans le secret de mon âme je suis pleine de ressentiment contre Lui, définitivement fâchée. Non, pour parler à la Vierge Marie et lui confier Vincent. Entre mamans, on se comprend...

La famille, les amis, les pompiers se relaient pour prendre des nouvelles de Titi, et pour lui rendre visite au cours des week-ends. Ce n'est pas sans un pincement au cœur que je les vois défiler tour à tour et repartir livides, bouleversés, chavirés par le spectacle.

Surtout les jeunes.

Pas plus devant eux que devant Vincent je ne veux montrer la moindre faiblesse ou dévoiler mes failles. Je ne suis évidemment pas de marbre. Ni tellement plus courageuse qu'une autre. Je veux simplement faire face, ne pas céder, cela afin d'insuffler le maximum d'énergie, d'amour et d'optimisme à mon fils.

Ce n'est que le soir, quand je me glisse dans mon lit et que le sommeil me fuit, que je donne enfin libre cours à mes peurs et à mes larmes. Elles ne regardent que moi.

*
**

Les jours suivent les jours, je perds un peu la notion du temps. Pour l'instant, si l'état général de Vincent s'est bel et bien stabilisé, on ne relève pas de progrès notable hormis la cicatrisation de ses plaies. Les fonctions vitales étant assurées mais le coma se prolongeant, le CHU de Rouen va devoir passer la main à un établissement spécialisé.

Je m'informe. On me parle de Garches, en région parisienne. L'endroit est réputé et me conviendrait sur le plan pratique. D'abord parce que mon amie Marceline, l'infirmière, n'habite pas loin de là. Ensuite parce que c'est bien desservi.

Cependant, on ne me laisse pas le choix. À Garches, paraît-il, on n'a pas l'habitude de pareils traumas crâniens. C'est au centre héliomarin de Berck-sur-Mer que l'on admet Vincent.

Berck-sur-Mer ? Je n'en ai jamais entendu parler...

On me renseigne et l'on me vante les mérites de cette petite ville du bord de la Manche, dans le département du Pas-de-Calais, devenue au milieu du XIXe siècle la grande station balnéaire et climatique de la côte d'Opale. Son air vivifiant, parce que particulièrement iodé, a de telles vertus thérapeutiques que le second Empire y avait installé des centres de traitement de la tuberculose.

Le BCG ayant considérablement limité les ravages de cette maladie, les établissements de Berck ont changé de vocation et accueillent dorénavant les polytraumatisés et grands handicapés. Autrement dit des gens comme Vincent.

Cela est fort bien. Mais moi, là-dedans, que vais-je faire et devenir ?

On m'éloigne encore plus de Laurent et de Guillaume, ce qui ne va pas nous faciliter la vie ; il n'y a même pas de gare ferroviaire et de nouveau va se poser le problème de mon hébergement. Or j'ai arrêté de travailler, je n'ai plus de revenus, je n'ai droit à aucune aide du fait que Vincent est majeur, et la location de mon appartement à Verneuil court encore. Je suis dans une impasse financière totale.

Heureusement pour moi, je trouve une oreille attentive auprès de la directrice du CHU. Ayant pris connaissance de mes difficultés, elle se démène pour m'obtenir une place dans une annexe de l'hôpital, une sorte de foyer pour mamans, comme à Rouen. Elle s'arrange même, avec une association, pour que mon premier mois soit entièrement réglé. Ensuite, il m'en coûtera quelque deux mille sept cents francs mensuels. C'est-à-dire plus de quatre cents euros.

Je n'aurai qu'à me débrouiller pour subvenir à mes besoins en dénichant du travail.

*
**

Le grand départ est fixé au 28 octobre 2000. Vincent, cette fois, est transporté par hélicoptère.

Laurent et Guillaume sont venus me chercher. Nous prenons la route pour Berck. Je tente de donner le change, mais le cœur n'y est pas. Cette ville inconnue vers laquelle nous nous dirigeons ne me dit rien qui vaille. Sans compter que l'aller-retour depuis Verneuil prendra désormais presque six heures à mes deux fils aînés...

Nous arrivons à Berck en pleine tempête. Un air de fin du monde. Tout nous semble sinistre, et en premier lieu le foyer où je pose mes bagages. Mes garçons sont tellement inquiets pour moi qu'ils ne peuvent pas se résoudre à me laisser là. Ils me supplient de rentrer avec eux. Je leur résiste tant bien que mal. Je me dois à Vincent.

Après maints palabres, nous finissons par nous séparer. J'ai un goût de cendre dans la bouche. Eux non plus n'en mènent pas large. Je suppose même qu'ils ont pleuré en repartant.

5
Le silence de la mer

Une seule fois, un soir de décembre, je me suis laissée aller. Je ne sais pas ce qui m'a pris. Un surcroît d'angoisses ? Un trop-plein de lassitude ? Quoi qu'il en soit, sans m'en rendre compte, j'ai traversé la plage et commencé de marcher dans l'eau, espérant me laisser emporter, engloutir, et tout oublier. Heureusement, l'eau était si glacée qu'elle a aussitôt arrêté la marche du désespoir.

Je n'ai jamais recommencé. Et j'ai perdu l'habitude de penser à moi.

⁂

Vincent habite la chambre HA125, au premier étage du centre héliomarin. Face à la mer. Ce n'est pas la Côte d'Azur, surtout hors saison, mais souvent je la contemple, comme pour m'y ressourcer.

Sa vue me repose des fatigues endurées pendant le reste du temps.

Du travail, j'en ai trouvé. Le matin, je m'occupe du ménage ou du repassage de l'une ou l'autre des mamies qui m'ont prise à leur service. Tout de suite après j'embraye dans un restaurant, où j'aide à la préparation des repas. Juste quelques minutes pour manger un morceau et je fonce voir Vincent, qui ne s'est toujours pas réveillé.

Il m'est revenu en mémoire qu'il y a une vingtaine d'années, l'un de mes cousins a eu un accident de voiture. Lui aussi était resté longtemps dans le coma. Sa rééducation avait été lente, mais ma tante s'était donnée à fond pour l'aider. À force, il avait récupéré l'usage de ses yeux, de ses mains et de la parole. Et comme, depuis cette époque-là, la science et la médecine ont accompli bien des progrès, ce souvenir me vaut d'autant plus d'espoir.

Quand j'entre dans la chambre de mon Titi, c'est le meilleur moment de ma journée. Celui que j'attends avec impatience. Encore tout essoufflée je l'embrasse, je m'assure qu'il est bien installé, qu'on a bien fait sa toilette et son lit. Généralement il n'y a rien à redire de ce côté-là.

Après avoir jeté un œil sur sa courbe de température et sur les moniteurs, je tire une chaise près de lui et je me lance. Je lui livre les dernières nouvelles du jour et de la famille, ce que les autres mamans m'ont rapporté sur Untel ou Untel, je lui décris la météo, mes petits soucis et la manière dont j'y ai remédié. Tout cela sans cesser un instant de le toucher, de le masser, de le caresser, pour le stimuler.

Puis, quand je ne trouve plus rien à raconter, je meuble le silence en allumant la télévision ou en mettant des cassettes. Les chansons qu'il aime. Et lorsque la fatigue me submerge – la nuit je dors toujours aussi mal –, je pose ma tête contre la sienne et je fais la sieste avec lui.

L'univers sonore est une chose, le décor en est une autre. La chambre est comme toutes celles de l'établissement, nue et impersonnelle. Alors je décide de l'arranger un peu. J'épingle quelques posters au mur. Ainsi que des cartes postales. Et j'apporte des bouquets de fleurs. Cela me vaut plusieurs accrochages avec le personnel de service, du moins ceux qui sont à cheval sur le règlement et ses principes. Mais je sais être entêtée et je finis par gagner la partie.

D'une chambre à l'autre, entre voisins, on se rend visite. Ici on s'enquiert des progrès constatés, là on fait un petit cadeau d'anniversaire. Toutes les mamans, pourtant, ne peuvent pas venir en semaine. Certaines vivent loin, ont une activité professionnelle, des traites à payer ou des enfants en bas âge. Elles nous téléphonent, on les tient au courant. Oui oui, ne vous inquiétez pas, il mange de bon appétit. Non non, rassurez-vous, sa fièvre a baissé.

À l'étage de Vincent, nous ne sommes que quatre à pouvoir être là tous les jours. C'est donc plutôt calme. Mais du vendredi au dimanche, ça bourdonne comme une ruche.

Le soir tombé, je retourne au travail. Je dresse les tables, je prends les commandes, je sers, puis je débarrasse et fais la plonge. Ça se termine vers une ou deux heures du matin et je retourne au foyer. Certaines ne dorment pas encore. On réchauffe le dîner (on nous sert les mêmes repas qu'au centre) et on prend le temps de papoter. On s'informe. Nous sommes soudées, solidaires, attentives les unes aux autres.

Cette annexe regroupe une quinzaine de locataires au maximum. Nous logeons dans d'anciennes chambres d'hôpital désaffectées. Elles sont occupées au mois, comme la mienne, ou par des parents de passage quelques jours par-ci par-là.

Cela ne fait aucune différence entre nous. Un sort et un espoir communs nous lient par-dessus tout.

À plus d'heure, enfin, nous allons nous coucher. Alors seulement le silence revient, rythmé par le sac et le ressac, avec son lot de fantômes et d'inquiétudes.

6
Le sourire de l'ange

Dans les semaines qui ont suivi mon arrivée à Berck, nous avons réuni un conseil de famille, de façon à placer Vincent sous tutelle. Il ne roulait pas sur l'or, bien sûr, mais nous avons dû prendre les dispositions nécessaires pour défendre ses intérêts. Du côté des assurances, tout s'est passé selon les règles. Cinquante pour cent des torts de l'accident lui ont été attribués parce qu'il n'avait pas pu maîtriser son véhicule. Néanmoins, avec l'argent versé sur son compte, les frais d'hospitalisation et de séjour se trouvent pris en charge.

Du côté des pompiers, en revanche, rien à espérer. Ce qui lui est arrivé n'entre pas dans le cadre des risques couverts, même s'il revenait de la caserne.

À ce sujet, qu'il me soit permis d'ajouter une chose, qui m'a beaucoup choquée et continue de me révolter quand j'y pense. Le chauffeur du semi-remorque dont Vincent a croisé la route funeste n'aurait jamais dû emprunter ce chemin. Qu'il ait mal interprété un panneau de déviation, d'accord, je veux bien l'admettre. Et le fait qu'un pneu de la Clio ait explosé n'est évidemment pas sa faute, mais tout de même, cela n'aurait pas dû l'empêcher de manifester un peu de compassion, ne serait-ce qu'une fois, par exemple en envoyant un petit mot ou en prenant des nouvelles de mon fils. Sa vie, son intégrité physique, sa santé, il les a passées par pertes et profits.

À force de parer au plus pressé, pour moi la fin de l'année est vite survenue. Je n'ai pas eu le goût de fêter la Noël en rejoignant les miens. L'absence de Vincent aurait été criante et trop dure à supporter. Pas seulement pour moi, d'ailleurs...

Le réveillon du 1er janvier, je m'en suis également passée. J'ai préféré jouer les extras ce soir-là, pour gagner quelques sous de plus, de quoi m'acheter deux ou trois cartouches de cigarettes d'avance.

Il n'y a que le 3 février 2001 où j'ai voulu marquer le coup. Ce jour-là, Vincent a eu vingt ans. J'ai fait venir ses frères et ses meilleurs copains pour célébrer dignement l'événement. Je leur ai même remboursé l'essence, afin de ne pas trop grever leur budget. Tous sont venus. Et généreux comme ils sont, des Berckois leur ont offert le coucher. Ces gens-là, que j'ai rapidement appris à connaître et à apprécier, ont un cœur grand comme ça. Dans le nord de la France, l'humanité et l'hospitalité ne sont pas des notions abstraites. On sait encore les pratiquer.

*
**

Il faut neuf mois pour qu'un enfant vienne au monde. C'est à peu près le temps qu'il a fallu pour que Vincent revienne parmi nous. Et encore, tout doucement. Subrepticement. Je n'en tire nulle vanité, mais j'ai toujours su qu'il sortirait de son coma.

Le premier signe m'en a été donné par lui au cours du mois de juin 2001. Du jour au lendemain, comme ça, sans crier gare. À telle enseigne qu'on a failli me faire douter de ce que j'avais vu.

Oh bien sûr, mon fils ne s'est pas levé. Il n'a pas tendu les bras vers moi. Il n'a pas ouvert la bouche pour me dire « Bonjour, comment ça va ? », trachéotomie oblige. Il n'a même pas ouvert les yeux. Le pauvre petit en était incapable : par mesure de précaution, on lui avait cousu les paupières. En effet, faute de pouvoir battre des cils ou humidifier ses pupilles, il risquait des abcès et des infections.

Il s'est juste contenté de sourire. Un infime mouvement des lèvres que par chance j'ai surpris. Je dis bien par chance car il n'a duré qu'un instant fugace, et il n'a laissé aucune trace sur les traits de son visage aussitôt redevenu immobile, inexpressif et imperturbable.

Je venais de lui parler de Guillaume et de « ses deux mains gauches », afin de me moquer gentiment de la maladresse proverbiale de son frère. M'avait-il entendue ? Ma remarque l'avait-elle amusé, en réveillant de bons souvenirs ?

J'ai hésité, je me suis pincée, puis frotté les yeux. Et brusquement, j'ai laissé éclater ma joie. Je suis sortie comme une bombe de la chambre pour répandre partout, à travers les couloirs, la nouvelle de ce que j'avais constaté. Les infirmières et les médecins m'ont prise pour une folle. J'ai eu beau leur expliquer dans le détail à quoi j'avais assisté, ils n'ont pas prêté foi à mon histoire.

Au pire, selon eux, j'ai été le jouet d'une illusion. Et dans le meilleur des cas, ce que j'appelle un sourire n'était qu'un rictus, un vague réflexe musculaire ne revêtant aucune signification.

En bref, je me suis monté la tête.

Quiconque a été l'unique témoin d'un phénomène merveilleux ou inexplicable en a probablement tiré la même leçon que moi. Afin de ne pas s'exposer au ridicule, dans de tels cas on devrait se taire, garder la chose pour soi. Car les mines sceptiques avec lesquelles on a considéré mes affirmations m'ont paru d'autant plus injustes que je ne crois pas aux miracles. Ni à l'irrationnel.

Que l'on se montre circonspect, soit. En revanche, que l'on me soupçonne d'avoir eu une vision ou un moment d'égarement, je trouve cela blessant. Voire méprisant. Je n'ai pas rêvé, je ne fabulais pas et j'aurais volontiers mis ma main au feu dans le but de prouver que j'avais raison.

Et surtout, qu'on ne me parle plus de rictus !

N'en déplaise à ceux qui ont ironisé sur ma « vision », je suis sûre que je tiendrai bientôt ma revanche. Car ce qui est arrivé une fois se reproduira forcément, pourvu que j'accentue mes efforts de stimulation, et que je redouble de vigilance...

Je vais devoir patienter quinze jours avant d'être récompensée par le plus beau cadeau qui soit. Vincent a de nouveau souri. Pas assez longtemps pour que d'autres le voient, mais cela suffit à me convaincre que je me suis engagée dans la bonne direction.

Alors chaque après-midi, de treize heures à dix-neuf heures, je poursuis fiévreusement, implacablement, mon programme. Histoires, souvenirs, rappels d'anecdotes amusantes, massages, et les sourires se multiplient.

Sont-ils conscients ? Ou, tel un nouveau-né, mon fils sourit-il aux anges ? Comment pourrais-je le dire ? D'un côté, j'ai pu vérifier que Vincent ne sourit pas à la demande. De l'autre, je ne suis même pas sûre qu'il m'entende. Une seule chose me semble acquise : il est en train de faire mentir tous ceux qui l'ont traité de légume. Voilà qui justifie amplement mes choix, mon obstination, ma présence et la vie que je mène depuis tant de mois !

De jour en jour, je me bats contre le silence en parlant de tout et de rien, en mettant de la musique à fond, en accompagnant à tue-tête des enregistrements de ses chansons favorites (ce qui me vaut quelques démêlés) et en lui faisant battre la mesure de nos mains serrées. Titillement et tiraillement des doigts, massages, extensions et pliages, caresses, agaceries et chatouilles sans discontinuer, tout y passe, je ne lui laisse plus un instant de répit pendant des jours, des semaines et des mois. Je vais même jusqu'à lui apporter des taies d'oreiller lavées avec son assouplisseur préféré, qui sentent si bon... Ma méthode vaut ce qu'elle vaut. J'improvise avec les moyens du bord, à l'aveuglette. Mais qu'y a-t-il de plus entier, de plus fort que l'instinct d'une mère ? Peut-on lui résister ? Connaît-il des limites ?

Je sais bien les réponses que j'aurais faites à l'époque. Péremptoires et sans la moindre hésitation. Tandis qu'avec le recul, aujourd'hui... Il n'en reste pas moins que ma persévérance et mon refus de toute résignation ont été couronnés d'un succès sur lequel personne n'aurait misé, la plupart de mes proches compris.

Tétraplégique, c'est-à-dire paralysé des quatre membres, Vincent n'est plus censé pouvoir bouger leurs extrémités. On m'a expliqué qu'un tel état est réputé irréversible dès lors que la moelle épinière se trouve atteinte. Cette vérité, je n'ai pas vraiment voulu l'entendre.

Or le fait est qu'un beau jour, alors que je lui presse la main droite, je vois son pouce se plier lentement.

Je le redresse.

Il s'abaisse à nouveau. Comme pour me palper.

Ce n'est pas une hallucination. La pression exercée est à peine perceptible mais le geste indéniable, puisque au bout du compte son doigt a bel et bien changé de position...

Je ne tiens plus en place. Entre rires et larmes, il faut que je me lève, que je me précipite pour proclamer la chose *urbi et orbi*. Tout le service, toute la famille, tout le monde doit le savoir, le vérifier de ses yeux et l'admettre : le cauchemar est terminé, *Vincent est revenu !*

7
La vie au bout des doigts

Le lendemain matin, après une nuit aussi courte qu'agitée, je bous d'impatience et il ne faut pas me chercher des crosses tant il me tarde de rejoindre le centre héliomarin. Mais quoi que je fasse, je dois patienter jusqu'à midi et demi pour qu'il ouvre ses portes aux visiteurs.

Cette fois, je l'espère, nous allons franchir une étape décisive. Je veux en avoir le cœur net. Est-il possible d'entrer en communication et de dialoguer avec Vincent par l'intermédiaire de son pouce ? S'il est conscient, et s'il entend mes questions, avec un peu de patience et d'entraînement nous devrions y parvenir.

J'arrive tout essoufflée dans sa chambre, ayant à peine eu le temps de saluer les gens rencontrés. Je m'assieds, je prends sa main et une profonde inspiration, puis je lui explique ce que j'attends de lui.

— Bonjour Chouchou. Écoute-moi bien, mon chéri, c'est très important... Voilà, je voudrais savoir si tu me comprends. Alors je vais te poser une question, et tu me répondras par oui ou par non en bougeant ton pouce. Si tu le plies une fois, c'est oui. Si tu le plies deux fois, c'est non. Une fois oui, deux fois non, OK ? Alors allons-y. Concentre-toi. Est-ce que tu m'entends ?

Je regarde son pouce. Lentement, il amorce un mouvement descendant. Je le relève aussitôt, mais il reste suspendu.

— C'est bon, Vincent. Maintenant, si tu m'entends bien, montre-moi que tu peux dire non. Vas-y, plie deux fois ton doigt.

Cela lui prend un temps infini, mais il me dit non.

Victoire !

Dans un premier temps, échaudée par les commentaires vaguement sarcastiques que j'ai reçus en échange de ma déclaration selon laquelle Vincent avait « souri », je ne dis rien à personne. J'attends d'avoir affiné ma méthode – si elle fonctionne – pour en faire part à ceux qui soignent mon fils.

Car bien sûr, au début, ça ne marche pas à tous les coups. Il y a des jours avec et des jours sans. Les mauvais jours, ce n'est pas que j'obtienne des réponses absurdes : mon Titi est carrément aux abonnés absents, et rien n'y fait. Mais progressivement, quand il va bien, son pouce se meut de plus en plus vite, vers le haut comme vers le bas. Un minimum de pression commence même à se faire sentir.

Il y a également des limites à l'exercice. Par exemple, quand j'interroge Vincent sur son état de santé.

— Mon Chouchou, est-ce que tu as mal ? (Oui.)

— Est-ce que tu souffres ? (Oui.)

— As-tu mal dans ton corps ? (Oui.)

— As-tu mal au ventre ? (Non.)

— As-tu mal aux jambes ? (Non.)

— As-tu mal aux bras ? (Non.)

— As-tu mal à la tête ? (Non.)

Il va de soi qu'on ne peut pas tout se dire par oui ou par non. Mais lorsque je réitère mes questions, j'obtiens les mêmes réponses. J'ai donc la preuve qu'il ne répond pas au hasard et que son esprit fonctionne bien.

Au bout du compte, j'arrive à établir une sorte de « bulletin de santé ».

Ainsi, assez rapidement, je puis affirmer et démontrer que :

— Vincent entend des deux oreilles.

— Il différencie et reconnaît ses interlocuteurs.

— Il a toute sa tête.

— Il n'a pas perdu la mémoire, sauf pour ce qui s'est passé entre le mois de juillet précédant l'accident et ces derniers temps (avec quelques autres « trous noirs »).

— Il éprouve parfois des sensations de chaleur et de fraîcheur, mais de façon irrégulière.

— Son sens de l'odorat est très amoindri, voire a complètement disparu.

Dans l'ensemble, cela va bien au-delà des pronostics les plus optimistes établis jusqu'ici. Mais surtout, cette fois, chacun doit se rendre à l'évidence. Nul doute n'est plus permis. L'ergothérapeute et le kiné, les infirmières, le personnel soignant et les visiteurs de passage, tout le monde peut maintenant vérifier par lui-même ce qu'il en est. Vincent se prête volontiers à ces démonstrations, du moins quand il est en forme. Et l'étonnement général est vraiment agréable à voir !

*
**

Ce n'est là qu'un début prometteur. Maintenant, il nous faut aller plus loin que les oui et les non.

Nous devons passer à la vitesse supérieure en utilisant l'alphabet pour composer des phrases, par exemple.

Malheureusement, Vincent a oublié son alphabet. Ou plutôt, s'il comprend bien le sens des mots, il ne sait plus les écrire, les décomposer et les recomposer à travers les lettres dont ils sont faits. Je dois tout lui réapprendre et même le B-A BA. Autrement dit à former des syllabes.

Ce n'est pas tout, car je lui demande un effort de mémorisation pour ne pas perdre le fil et risquer de tout embrouiller.

Nous y consacrons plusieurs semaines, avec des hauts et des bas. Encore une fois, en entendant certaines remarques, j'ai l'impression que l'on me soupçonne de trop exiger de mon fils. C'est tout juste si l'on ne m'envoie pas chez un psy... Pourtant, je sens bien que Vincent s'accroche, en veut, se donne à fond, fait tout son possible. Pas pour me faire plaisir, mais pour lui-même !

D'ailleurs le succès finit par être au rendez-vous. Une après-midi, il me fait comprendre qu'il est prêt.

— Très bien, Chouchou. Alors je vais lentement réciter l'alphabet. Et dès que tu reconnais la lettre que tu veux, tu appuies fort sur ma main. A... B... C... D... E... F... G... H... I... J... K... L... M...

Une pression du pouce.

— C'est bien le « M » que tu veux, Vincent ?

Une autre pression du pouce. C'est bien le « M ». Je le note immédiatement sur une feuille de papier, et je reprends ma litanie.

— Attention, c'est reparti ! A...

Nouvelle pression.

— C'est bien le « A » ?

Toujours oui.

— On reprend...

Et ainsi de suite pendant vingt bonnes minutes qui me semblent une éternité, jusqu'à ce que j'arrive à un « z » sans que Vincent ait bougé son pouce. Ne sait-il plus où il en est, ou en a-t-il terminé ?

— C'est fini, Vincent ?

Il me le confirme.

Alors, le cœur battant, je prends mon papier pour déchiffrer le message qu'il contient. Tout attaché, ça donne « MAMANJESUISCONTENTQUETUSOISLA ».

Maman, je suis content que tu sois là.

— Ça y est, Chouchou ! Tu sais parler !

*
**

Devant le Dr Rigaud, le chef du service, on ne plaisante pas. Avec son air plutôt sévère, il nous effraye toutes et tous sans que nous n'osions nous l'avouer. Pour nous rattraper, nous avons l'habitude de lui casser du sucre sur le dos. Le Dr Rigaud ceci, le Dr Rigaud cela...

À dire vrai, nous n'avons rien à lui reprocher. Ce médecin est droit, scrupuleux, respectueux, efficace et facilement disponible quand on demande à le voir. Sauf que voilà. Il affirme des choses et surtout des vérités que nous, parents en général et mamans en particulier, nous ne voulons pas savoir. Et il le fait sans s'embarrasser d'ambages ni de précautions.

Par exemple, au lieu de dire, « Vous avez raison, madame X, tout va bien, ça peut marcher... », il jette un pavé dans la mare. Ce qui donne :

— Non, madame X, je ne peux pas vous promettre que votre enfant va se réveiller.

Et d'ajouter, au choix :

— En plus, il a encore maigri.

— Il fait un escarre.

— Sa pneumo s'aggrave, il faut le réintuber.

Nous savons que son refus de nous bercer de vaines promesses relève de l'honnêteté. Le rôle des médecins est plus qu'ingrat : les proches demandent la vérité, certes, mais la leur, celle qu'ils espèrent. L'autre, ils ne veulent pas l'entendre. Alors, forcément, quand le médecin la leur assène – avec plus ou moins de ménagements selon son degré de psychologie et d'humanité –, ils lui en veulent.

Moi, le seul reproche que je puisse faire au Dr Rigaud est de prendre mes espoirs pour des utopies. Aussi n'est-ce pas sans un malin plaisir que, ce jour-là, je fais irruption dans son bureau.

— Bonjour madame Humbert, que puis-je pour vous ?

Je retiens difficilement une mine triomphante avant de lui répondre :

— Bonjour docteur. Pourriez-vous m'accorder cinq minutes et venir dans la chambre de Vincent, s'il vous plaît ?

— Euh, bien sûr... Que se passe-t-il ?

— *Il voudrait vous parler.*

Il me regarde un instant puis se lève sans rien dire. Je jurerais pourtant qu'il n'en pense pas moins.

Nous entrons dans la chambre.

— Chouchou, je suis avec le docteur Rigaud.

Puis, me tournant vers ce dernier :

— Asseyez-vous là, prenez-lui la main et dictez-lui tout doucement l'alphabet. Lorsque vous sentirez la pression de son pouce, notez la lettre indiquée sur ce cahier et recommencez. Vincent arrêtera de bouger son doigt quand il aura fini. Je préfère que vous fassiez tout vous-même, pour bien vous rendre compte...

— C'est entendu, madame Humbert. Alors comme ça, Vincent, tu veux me parler ? Eh bien allons-y. A... B... C...

Quelques minutes plus tard, le tour est joué. Vincent a fait court mais direct : « Salut, monsieur Rigaud ! »

— Bravo, madame Humbert.

Même s'il est impressionné, et même s'il n'a jamais vu ça, le cher docteur n'en dira pas plus.

À quoi bon, d'ailleurs ? Le prix de ses félicitations est à la mesure de leur rareté.

*
**

Je suis sur un petit nuage et Vincent fait des progrès constants. Désormais, c'est lui qui m'en remontre. Ses « Tu t'es trompée », les « Tu te répètes » et les « Ça, tu me l'as déjà dit » me mettent en joie et me rassurent, s'il en était besoin, sur sa présence d'esprit. D'autant qu'il m'arrive de les provoquer sciemment.

Quant aux « Gratte-moi le nez », « J'ai mal aux jambes » ou « l'oreille coincée », ils lui permettent de gagner un peu de confort, sinon d'autonomie. Ce ne sont pas encore des conversations, nous sommes encore trop lents pour ça, mais chaque jour qui passe nous gagnons en vitesse d'exécution et en astuce. Nous ne cessons d'améliorer nos performances ainsi que le procédé, nous employons des raccourcis, nous sautons les lettres doubles, puis certaines voyelles, nous respectons de moins en moins les accords et l'orthographe pour adopter, comme tant d'adolescents, le langage des textos. « JTM » n'est certes pas aussi romantique que « je t'aime », mais tellement plus rapide !

Cela ne va pas sans quelques inconvénients. D'abord, je commets des erreurs d'interprétation.

Ensuite, quand Vincent veut directement s'adresser à quelqu'un d'autre que moi, il s'agace parfois de son train de sénateur.

Dorénavant, cet avis est affiché au-dessus de son lit :

Pour communiquer avec Vincent

Oui et non par mouvement de la tête. Pour les mots et les phrases, mettre votre doigt entre son pouce et son index au fond de la commissure. Dire lentement l'alphabet. Vincent fait une pression sur votre doigt à la bonne lettre. Répéter la lettre et Vincent confirme ou non. Si non : redire les lettres à l'envers. Au fur et à mesure, les mots se formeront.

8
Les maux qui blessent

Dorénavant, donc, Vincent peut bouger la tête très légèrement. Un petit coup à droite pour dire non, un petit coup vers le bas pour acquiescer. Je n'en abuse pas, pour ma part, car cela le fatigue et peut lui être pénible.

À cause de sa trachéotomie.

Autre découverte, je vois parfois que son ventre est parcouru d'un frémissement. C'est en effet le cas lorsqu'il rit intérieurement, étant bien en peine de pouvoir le faire à pleine voix. Car il reste muet. Il n'est pas capable non plus de déglutir, avaler, mâcher. Même ouvrir la bouche lui est impossible.

Son acuité auditive, par contre, est confondante. Elle se développe prodigieusement, compensant la privation de la vue. Il entend si bien qu'il peut distinguer les uns des autres à leur manière de marcher, reconnaître n'importe quelle infirmière ou aide-soignante à son pas, se trouverait-elle dans le couloir.

Mieux encore, il sait quand je change de paire de chaussures : il m'en fait à chaque coup la remarque...

Sa sensibilité est tellement grande, par ailleurs, que je ne peux rien lui cacher ou presque. Quelques minutes après que je suis entrée dans sa chambre, il sait déjà comment je vais, si je suis contrariée ou épuisée. Mes intonations y sont pour beaucoup, mais pas seulement. Notre complicité, notre osmose nous relient par une sorte de cordon ombilical virtuel, ou de sixième sens.

La preuve en est que je devine tout de suite, moi aussi, l'humeur de mon fils. Car il peut être las, maussade, énervé, querelleur, ou se montrer d'une absolue mauvaise foi. Comme chacun ! Mais je ne me laisse pas faire.

— Puisque c'est ainsi, lui dis-je alors, je m'en vais boire un café et fumer une clope. Tu me casses les pieds...

Quand nos disputes tournent au vinaigre, il arrive même que le ton monte. Tout l'étage est au courant et compte les points.

— Écoute, Vincent, trop c'est trop, va te faire voir ! Tu m'emm... !

Et la porte claque.

De l'autre côté de celle-ci, une maman témoin de l'altercation tente de me calmer.

— Attends, Marie, ne te mets pas dans des états pareils ! Tu as vu comment tu lui parles ?

— D'abord je lui parle comme je veux. Ensuite ce n'est pas un handicapé, mon fils. Et puis même aux handicapés, on peut dire leurs quatre vérités. Ils sont comme tout le monde, non ?

Il y a aussi que quand la coupe déborde je préfère me foutre en colère que de me laisser aller à pleurer devant lui. Les larmes, j'ai tout le loisir de les verser ailleurs.

En général, heureusement, les hostilités ne durent pas. Sauf quand Monsieur se prend à bouder. Alors il entame la grève du pouce. Une manière comme une autre de me faire la gueule.

Comment lui reprocherais-je sérieusement ses sautes d'humeur ? Ce n'est pas facile pour lui, j'en suis parfaitement consciente. Souvent même je me dis que c'est atroce, mais sans m'appesantir car alors les sanglots ne sont pas loin. Depuis son accident, Vincent a perdu vingt-cinq kilos, son autonomie et la vue. Et rien ne permet d'espérer qu'il puisse jamais les récupérer.

L'usage de ses yeux, en tout cas, il ne le recouvrera pas. Un grand spécialiste lillois, auprès duquel il a été transporté, l'a longuement examiné. Son verdict a été formel. Les nerfs optiques sectionnés, personne ne sait ni les réparer, ni les remplacer.

Pas de sorties possibles en fauteuil roulant car Vincent ne peut pas rester « débranché » très longtemps.

Du côté de son pouce, on aurait pu imaginer qu'une touche électronique reliée à un ordinateur serait susceptible de lui faciliter la vie, en tout cas de mieux communiquer. Espoir déçu. Vincent a bien testé un appareil, mais celui-ci ne lui a pas convenu. Il était plus lent que notre propre système !

Il va sans dire que si nous étions fortunés, nous pourrions envisager d'acquérir un matériel autrement adapté, perfectionné, efficace et réactif, spécialement programmé par surcroît. Mais sauf à décrocher la timbale du Loto, ce n'est pas la peine de rêver. La Sécurité sociale n'a même pas les moyens de financer les fauteuils électriques, alors qu'elle les trouve pour rembourser des cures thermales...

Du côté de la pharmacopée, le tableau n'est pas plus brillant. Vincent souffre, il me l'a expliqué. Moralement et physiquement, il a mal partout et nulle part à la fois. Et cette douleur s'aggrave quand ses muscles se nouent, se contractent, deviennent durs comme le bois.

Pour y remédier, on lui a injecté dans chaque bras un produit extrêmement violent, juste dosé pour le soulager pendant un mois. Aucun effet.

Tout ce qu'on a trouvé, c'est de lui appliquer des glaçons...

Et tant d'autres choses encore ne vont pas comme il faudrait !

Caroline, sa petite amie, a fini par baisser les bras et reprendre sa liberté. À son âge et dans ces conditions, comment ne pas la comprendre, et pourquoi lui jeter la pierre ? Elle m'en a prévenue, et elle a même eu le courage d'affronter Vincent pour lui communiquer sa décision. Bien sûr, le coup a été rude...

Deuxième avanie rencontrée : la levée de la tutelle que nous avions demandée tarde à être prononcée. Pourtant, Vincent est sensé, sain d'esprit, responsable, capable de maîtriser son budget et de gérer ses affaires librement. Avec l'aide de son pouce et d'un proche, certes, mais on ne lui demande pas non plus de gérer les finances d'un grand groupe ! En outre, comme il se doit, le conseil de famille lui a donné son accord unanime.

Cela ne suffit pas. Ce serait trop facile. Et ce qui va très vite dans un sens requiert bizarrement un temps fou dans l'autre [1]. Il est vrai que le service rendu n'est pas gratuit. Ceci explique peut-être cela...

---

1. Le dossier sera toujours à l'étude le 26 septembre 2003, jour du décès de Vincent. *(N.D.L.E.)*

Ainsi, avec les trois fois rien qui lui restent de sa minuscule pension d'adulte handicapé, mon fils veut-il offrir une poupée à la petite-fille nouveau-née du Dr Rigaud ? Il convient d'en référer à la tutelle, qui doit juger du bien-fondé de la dépense envisagée, donner son accord sur le montant et régler la facture. De même lorsqu'il décide d'acheter une gourmette en guise de cadeau d'anniversaire à son frère. Une demande d'autorisation en bonne et due forme se fait par écrit, elle doit être remise à l'assistante sociale qui la transmet à la tutelle, et la réponse nous est directement signifiée par téléphone. Plutôt humiliant, comme procédé. D'autant que cette tutelle, nous ne la verrons jamais.

Dans tout ça, une chose est sûre : le tuteur est mieux protégé que Vincent, considéré comme « un incapable majeur ». Son accident a donc fait de lui un citoyen de seconde catégorie. Ce qui nous sera confirmé en 2002, lorsqu'on lui a même refusé le droit de voter aux élections présidentielle et législatives.

Voici les faits.

Quelques semaines avant le premier tour de scrutin, deux gendarmes viennent visiter le centre héliomarin et frapper à notre porte. Ils sont chargés d'établir et de récupérer les procurations des personnes hospitalisées ne souhaitant pas ou ne pouvant pas se déplacer jusqu'à leur bureau de vote. Belle démarche, excellente initiative.

Vincent correspond au deuxième cas de figure, moi au premier. Car je suis toujours inscrite sur les listes électorales de Verneuil-sur-Avre. Laurent et Guillaume pourront donc en notre lieu et place glisser nos bulletins dans l'urne.

En ce qui me concerne, pas de problème. Pour Vincent, il en va différemment. « Cela ne va pas être possible. » Je m'insurge :

— Mais pour quelle raison ?

— Parce qu'il ne peut ni parler, ni signer le formulaire de sa main.

— Attendez. S'il ne peut pas signer votre papier de sa main, moi je peux le faire : je suis sa mère et sa représentante légale. Et s'il ne peut pas parler de vive voix, ce qui est vrai, il peut néanmoins s'exprimer avec son pouce. Tout cela est vérifiable...

— Peu importe, madame. S'agissant de vous c'est bon, mais pour lui ce n'est pas recevable.

Ils n'en démordent pas. Les seuls recours pour faire valoir notre droit seraient de nous adresser au tribunal d'instance puis de nous pourvoir auprès de la Cour de cassation, en prenant un avocat pour cela. Nous avons d'autres chats à fouetter.

Du coup, par solidarité, je refuse de remplir ma propre demande de procuration.

Il m'a été donné de voir de grands vieillards, aveugles et en fauteuil roulant, s'en remettre à un accompagnateur ou à une accompagnatrice inconnus la veille pour sélectionner leur bulletin de vote et le glisser dans l'enveloppe. Je me suis souvent demandé s'ils avaient vraiment fait un choix en toute indépendance et si celui-ci était respecté par la personne provisoirement investie de leur confiance. Qui pourrait l'attester ? Pourtant eux ont le droit de voter. Et mon fils non. Pourquoi ?

Au soir du dimanche 21 avril 2002, quoi qu'il en soit, lorsque Vincent a appris comme moi l'élimination de Lionel Jospin au profit de Jean-Marie Le Pen, je ne peux pas dire qu'il s'en soit félicité.

Sinon que, ayant la rancune tenace, il n'a pu s'empêcher de cracher son fiel :

— Bien fait pour eux ! S'ils m'avaient laissé voter, ils auraient eu ma voix !

Il avait ses idées, il n'a pas pu les exprimer. Mais bien peu s'en préoccupent. Les gens comme lui, probablement, sont quantité négligeable.

Ainsi que me l'a fait remarquer le jeune Éric, lui aussi hospitalisé à Berck-sur-Mer, ce sont toujours des bien portants qui conçoivent la réglementation et les lois. Les bancroches, les éclopés, les non-conformes aux standards et les accidentés de la vie n'ont pas voix au chapitre. De même l'accueil, les conseils et l'aide offerts aux handicapés sont-ils des tâches réservées à d'autres qu'eux. (Il est vrai que la plupart des accès ne sont même pas pensés pour eux...)

Et pourtant, ce qu'ils ont en moins par rapport au commun des mortels (l'usage d'un sens ou la facilité de déplacement), ils l'ont également en plus par rapport à eux (ne serait-ce qu'une certaine expérience de ce que nous connaîtrons tous avec l'âge).

Et surtout, ils ne sont ni des crétins, ni des irresponsables, ni des sous-hommes, et la dignité des uns ne peut pas aller sans celle des autres. Nous devrions tous réfléchir là-dessus.

9
Le choc

Oh, bien sûr, il y a toujours de bons moments. Ainsi quand nous recevons des visites, que nous partageons dans la joie. Cet air frais s'engouffrant à Berck nous fait le plus grand bien. Vincent peut prendre le temps de parler avec quelqu'un d'autre que moi, ce qui est pour lui un excellent dérivatif. Sans que je m'en mêle, car pour ne pas le gêner ou être indiscrète je le laisse se débrouiller seul avec son interlocuteur, même si pour celui-ci la « conversation » doit se révéler fastidieuse. Et moi j'en profite pour me changer un peu les idées. Cela nous permet à tous les deux de faire le point chacun de son côté.

Il nous arrive également d'éclater de rire, moi bruyamment, lui de l'intérieur. Par exemple, ce jour où, se plaignant d'avoir mal au dos et aux jambes, Vincent réclamait depuis longtemps que l'on vienne modifier sa position. Comme cela tardait, j'ai décidé de prendre les choses en main.

— Je vais te retourner moi-même, tu vas voir, me suis-je un peu vite vantée.

Sauf que voilà. Bien que Vincent eût perdu près de vingt-cinq kilos, je présumais de mes forces. J'eus beau passer mes deux bras autour de sa taille, je n'arrivai à rien. Alors je tentai un mouvement de bascule. Cette fois, je parvins à le soulever et à l'entraîner avec moi. Mais en fait de bascule, nous avons basculé hors du matelas, dans le vide. Et nous sommes tombés par terre, lui dessus, moi dessous, entre le lit et la table de nuit.

Nous ne nous sommes pas fait mal. Au contraire, un énorme fou rire nous a saisis de nous trouver aussi bêtes !

*
**

Seulement, peu à peu, je le sens bien, mes belles certitudes vacillent. Il y a bientôt deux ans que je vis pour Vincent, que je me bats pour lui et avec lui. Pas un jour, je crois, je ne l'ai laissé seul. Et chaque fois que je suis allée le voir, j'ai oublié tous mes soucis à sa porte pour mieux m'occuper de lui. J'ai profité du moindre instant que nous avons passé ensemble.

Tout ce que j'ai fait, je l'ai fait par amour. Et c'est justement cet amour gonflé d'espoir qui m'a portée et permis de tenir. Cependant, si je crois avoir tout donné pour l'aider, il n'en est rien. Je me berce d'illusions. En fait, je n'ai pas cessé de m'aveugler pour me rassurer. Voilà une vérité très dure à avaler... C'est Vincent qui s'est chargé de me l'administrer, un soir où je vitupérais les médecins et leurs diagnostics défaitistes.

— Si je les avais écoutés, tous autant qu'ils sont, ai-je lancé, tu ne serais pas sorti du coma et tu n'aurais jamais été capable de communiquer !

Saisissant la balle au bond, Vincent me l'a renvoyée en pleine figure.

— Ça suffit, maman. Tu sais bien que je suis fichu. Que je ne guérirai jamais. Que je ne reverrai pas. Que je ne marcherai plus. Que je ne pourrai pas reparler. Alors arrête de te faire du cinéma.

Pétrifiée, j'avoue que je n'ai pas su quoi répondre.

Je l'ai déjà dit, je ne crois pas aux miracles. Peut-être ne suis-je pas une bonne chrétienne, ou ma foi n'est-elle pas conforme aux enseignements de l'Église, tant pis et peu importe. Je ne me permets pas de juger ou de critiquer ceux qui se rendent à Lourdes, mais je n'admets pas qu'il puisse exister une sorte de loterie divine en matière de guérison. Un miracle aurait-il dû se produire que Vincent n'aurait pas eu son accident. En plus, nous ne l'aurions pas su...

En revanche, je crois à la chirurgie moderne et à la plupart de ceux qui l'exercent. Même s'ils ont leurs limites ! Quand ils ne peuvent plus rien, ce n'est pas la peine d'aller chercher ailleurs ce qui ne s'y trouve pas. Pas plus que les rebouteux de la Normandie d'autrefois, les pratiques parallèles ou alternatives ne sont en mesure de réussir là où il faut se rendre à l'évidence d'une impasse.

Une mamie dont je m'occupe à Berck a néanmoins cru bon de me remettre, pour l'usage de Vincent, une petite fiole d'eau que sa fille lui avait spécialement rapportée de Lourdes. Elle m'a fait promettre d'en verser sur les jambes inertes de mon fils, et de les masser avec.

J'ai respecté ma promesse.

— Tu es folle ? m'a demandé Vincent lorsque je lui ai expliqué la chose.

— Écoute, on ne sait jamais... Ça lui fait plaisir et ça ne peut pas te faire de mal, me suis-je maladroitement défendue, un peu gênée tout de même.

Puis j'ai officié. Et comme il faisait très chaud, cet été-là, Vincent en a ressenti une agréable sensation de fraîcheur.

Le lendemain, nous avons remis ça. Et le surlendemain, j'ai complètement oublié de finir la fiole. Je m'apprêtais à partir quand Vincent a agité son pouce.

— Ben quoi, t'as pas envie que je guérisse ?

— Qu'est-ce que tu me racontes ? me suis-je insurgée.

— Et alors, l'eau de Lourdes ?

Manifestement, il se moquait de moi.

*
**

Malheureusement, sa morosité quotidienne reprend toujours trop vite ses droits. Ou plutôt, la dure réalité nous rattrape. Ni le huis clos ni notre tête-à-tête n'en sont la cause. Le problème est ailleurs : Vincent n'a pas le moral. Et il le dissimule de moins en moins.

Il ne me fait pas de reproches. Pas directement, certes, mais il se plaint, et tout y passe. D'abord il souffre. Ensuite Caroline lui manque. Pourtant il comprend qu'elle l'ait quitté. Puis, insidieusement, viennent des réflexions plus noires... À « l'entendre », ses copains pompiers n'auraient pas dû se battre comme ils l'ont fait pour l'extraire vivant de son amas de tôles. D'ailleurs, tant le Samu que l'hôpital d'Évreux et le CHU de Rouen auraient été mieux inspirés de ne pas s'acharner, quitte à le débrancher carrément.

Je lui explique que personne n'avait le droit de le faire mais la question revient sans cesse : à quoi bon toutes ces opérations ? À quoi bon l'avoir aidé à sortir du coma ? À quoi bon cette existence qui n'en est pas une, sans perspective de rémission ni d'avenir méritant d'être vécu ? Et à quoi bon mes propres sacrifices, si c'est pour en arriver là ?

Cela pourrait paraître déplacé, injuste ou égoïste de sa part. Il n'en est rien. Car que lui répondre ? L'égoïsme, je m'en aperçois petit à petit, c'est moi qui en ai fait preuve. L'instinct et l'amour maternels n'ont rien à voir dans cette affaire. Ils ne sont que des prétextes. En fait, je ne voulais pas souffrir de le perdre. Et en cela, je ne pensais qu'à ma propre souffrance, pas à la sienne.

Vincent ne cherche pas à me démoraliser, mais à me faire comprendre quelque chose que je me refuse à entendre. Parfois il se calme : ses plaintes, ses coups de blues et ses colères, il sait les garder pour lui quand il sent qu'il ne faut pas m'accabler. Or ces temps-ci je suis gâtée : les soucis s'accumulent.

Il en est même un qui me déstabilise par-dessus tout : on vient d'annoncer la fermeture à court terme du foyer où je suis hébergée.

Cette annexe désaffectée du centre héliomarin a beau être peu avenante, elle n'en est pas moins pratique et surtout précieuse pour celles et ceux qui, comme moi, ne se résoudront jamais à abandonner leurs enfants. De surcroît elle constitue pour les parents désemparés que nous sommes un lieu de partage, d'entraide et de soutien.

Que l'on nous disperse est une chose. Mais qu'on nous livre au marché locatif ou à l'industrie hôtelière en est une autre. Chacun devra donc s'arranger comme il pourra ? À Berck, même hors saison, le plus petit studio nous coûtera les yeux de la tête. Alors je n'ose même pas imaginer les tarifs pratiqués l'été, quand même les places de camping s'arrachent à prix d'or !

J'en parle autour de moi. Il n'y a pas que les parents concernés à se montrer révoltés. Les gens du coin s'émeuvent eux aussi. Je le répète, les Berckois ne sont pas indifférents aux autres...

En attendant, je ne suis pas plus avancée. Que faire ? Un ami restaurateur finit par me souffler une idée. Il faut lancer une pétition. Et en informer la presse locale. Faire du bruit vaut toujours mieux que se taire. En plus il connaît un journaliste et peut me mettre en rapport avec lui. Ainsi allons-nous batailler ferme !

Un rendez-vous est rapidement pris. Je suis interviewée et l'article paraît très vite. Toutefois, malgré les nombreuses réactions favorables que nous recueillons, la décision de fermeture du foyer ne sera pas remise en cause. Certains rêvent de transformer Berck en station balnéaire, et les établissements hospitaliers du front de mer en villégiatures pour personnes aisées. Alors, dans quelques semaines ou quelques mois, exit les mamans qui dérangent. Elles ne pèsent pas lourd devant de pareils intérêts économiques et financiers.

Dans une telle perspective, il ne nous reste qu'à nous inscrire sur les listes des offices d'HLM, lesquelles sont déjà surchargées. Et dans l'attente d'une hypothétique attribution de logements à venir, l'hiver venu nous devrons louer des chambres d'hôtel à deux, et, aux beaux jours, des mobilhomes à plusieurs.

*
**

On dit qu'une mauvaise nouvelle n'arrive jamais seule : eh bien, en effet, Vincent et moi n'avons pas touché le fond.

La deuxième mauvaise nouvelle ? Puisque plus aucun espoir de progrès n'est raisonnablement permis, mon fils ne va pas pouvoir prolonger son séjour au centre héliomarin. Nous allons devoir lui trouver une place dans une autre structure d'accueil. Oh, bien sûr, on ne nous met pas à la porte... Nulle date n'est fixée... Nous avons devant nous quelques semaines pour nous retourner... Voilà, grosso modo, ce que le Dr Rigaud me charge d'apprendre à Vincent, au mois de septembre 2002.

— Ne comptez pas sur moi, lui ai-je répliqué. Vous le lui apprendrez vous-même.

— S'il vous plaît, madame Humbert, ne compliquez pas les choses...

— Je ne les complique pas, docteur, mais je ne ferai pas le sale boulot. Assumez vos responsabilités.

J'ai touché le point sensible, même si cela ne change pas grand-chose au problème.

Trois jours plus tard, un peu gêné aux entournures, le Dr Rigaud va voir Vincent. Je n'ai rien dit à mon fils, mais depuis un certain temps celui-ci a senti le vent tourner. Il s'est préparé à affronter un tel verdict. Mais malgré sa clairvoyance, ce nouveau coup du sort ne passe pas. Je tente bien de le réconforter, de lui représenter que là où nous allons le transférer nous serons mieux lotis, il ne m'écoute pas.

L'après-midi s'achève dans un lourd silence. Je vais partir au travail quand j'entends le pouce de Vincent frapper le barreau de son lit. Je lui prends la main. Et là, la foudre me tombe dessus.

Quatre mots y suffisent.

— Maman, je veux mourir.

10

« Je vous demande le droit de mourir »

On pourrait croire que Vincent a réagi sous le coup du dépit, de la colère ou de la déprime. Ce n'est pas le cas. Cela fait des semaines que, ayant tout pesé, il a pris sa décision, même s'il n'a pas osé me le dire plus tôt.

Mais il peut me raconter ce qu'il veut, je me bouche les oreilles. Je n'ai pas fait tant d'efforts pour arriver à m'entendre proposer un suicide ! D'ailleurs Vincent, Dieu merci, est dans l'incapacité d'attenter à ses jours. Je me dis qu'il est dans une mauvaise passe, voilà tout. Et je refuse d'aborder à nouveau le sujet et d'en discuter avec lui.

Sauf qu'il revient sans cesse à la charge.

— Tu te souviens de ce que je t'ai dit ? Tu te rappelles ce que je veux ? insiste-t-il dès le lendemain.

— Oui oui, on en reparlera...

Le surlendemain, je suis à peine arrivée qu'il repasse à l'attaque.

— Maman, je veux mourir.

— Écoute, ne me parle pas de ça, cela me rend malade !

Je ne peux quand même pas l'empêcher de s'exprimer librement ! Déjà que certains jours, pour marquer combien le mécontente mon attitude, il se renfrogne dans son coin, où irions-nous ?

Et le dialogue de sourds continue. Froidement, posément, Vincent avance ses pions et me pousse dans mes derniers retranchements. Les défenses que j'ai érigées ne résistent pas longtemps à ses assauts renouvelés, mais je refuse d'entrer dans son jeu.

— Écoute, maman, m'explique-t-il, tu sais, la mort ce n'est pas moche. C'est beau, la mort, c'est simple. Et ce serait le mieux pour moi, pour nous. Ça résoudrait tellement de choses. Je ne vois pas pourquoi tu t'en fais une montagne. La mort te fait peur et fait peur aux gens parce qu'ils ont peur de mourir. Moi je n'ai pas peur de mourir, *puisque je ne peux plus vivre*...

Oui, je l'avoue, j'ai peur. Mais peur de lui et pour lui, peur de ses arguments et de la détermination avec laquelle il me les assène.

— Je ne peux plus vivre comme ça, insiste-t-il. Ça ne s'appelle pas vivre. Mets-toi un peu à ma place. Si encore il y avait un espoir, et si seulement je ne souffrais pas...

C'est vrai qu'il n'y a pas d'espoir que son état s'améliore. C'est vrai qu'il souffre ! Mais je suis sa mère, je lui ai donné la vie, et je n'arrive pas à accepter qu'il souhaite la mort. Alors nous tournons en rond. Les petits cahiers où j'enregistre nos conversations se couvrent d'allusions, de réflexions, de raisonnements qui vont dans le même sens, me bouleversent, me torturent et m'empêchent de dormir. Je ne connais plus de vrai répit. Ni auprès de lui, ni le soir venu, quand je me glisse dans mon lit. Mes rares heures de sommeil sont terriblement agitées. L'écho des propos de mon fils y résonne si fort que je me réveille en sursaut, fiévreuse, à la dérive. J'ai l'impression d'étouffer. De ne plus avoir quoi que ce soit pour m'accrocher, d'être aspirée vers des profondeurs monstrueuses.

Je ne veux pas lâcher prise. Je lutte de toutes mes forces mais celles-ci s'épuisent, je le sens.

*
**

Sur les conseils du Dr Rigaud, j'ai pris rendez-vous avec une psychologue. Mes problèmes se multiplient et j'ai besoin d'aide, je l'admets volontiers, mais je n'attends pas grand-chose de cette entrevue.

Une femme me reçoit. Toute jeune. Elle doit avoir dans les vingt-cinq ans.

— Bonjour madame, vous venez pour quoi ?

— C'est le docteur Rigaud qui m'envoie vers vous.

— Ah bien, je vois. Vous avez un proche hospitalisé ?

— Oui, il s'agit de mon fils. Il a vingt et un ans.

— De quoi souffre-t-il ?

— Eh bien voilà. Suite à un accident de la route, il est muet, aveugle et tétraplégique...

Elle bute sur ce dernier mot, qu'elle me fait répéter et dont elle ne connaît manifestement pas le sens. Je le lui explique, puis je lui brosse un tableau assez exhaustif de la situation.

Au bout d'un moment, elle craque et se met à pleurer. Je la prends dans mes bras pour la consoler.

La pauvre petite... Je ne suis jamais retournée la voir.

*
**

— De toute façon, maman, si tu ne m'aides pas à en finir je me débrouillerai tout seul.

Quand il m'a dit ça, je n'ai pas pu m'empêcher de rire et de lui demander comment il se « débrouillerait ». Je me suis même gentiment moquée de lui. Ce n'est guère charitable, je le sais, mais en l'occurrence il m'a paru présumer un peu de ses forces...

Je l'ignore encore, mais ce ne sont pas là des paroles en l'air. Car les idées de Vincent sont si bien arrêtées qu'il ne m'a pas prise pour seule cible. Il déploie même une grande activité de lobbying hors de ma présence. Ainsi, quand je ne suis pas là, discute-t-il beaucoup avec Chantal, l'une des animatrices du centre en qui il a toute confiance. Il profite même de sa complicité pour lui dicter des lettres.

L'une d'entre elles est adressée à ma sœur Patricia. En voici le contenu :

Pat, salut c'est Vincent, ton neveu préféré. Si je t'écris, ce n'est pas pour le plaisir, c'est parce que je suis vraiment dans la merde. La maison spécialisée dans laquelle on veut me mettre c'est bien, mais il n'y a ni kiné ni orthophoniste. Alors je t'écris parce que je n'ai confiance qu'en toi pour me trouver une solution car ma mère est dépassée. Je n'ai pas du tout envie de passer toute ma vie comme ça. Je veux mourir. Je suis sûr que tu vas me trouver un moyen. Tu peux me répondre juste pour me dire que tu as bien reçu ma lettre car je n'ai pas confiance en ma mère et ça ne m'étonnerait pas que la lettre reste dans son sac à main. Bon voilà, je ne t'ai pas tout révélé, mais réponds-moi vite. Je t'embrasse.

Vincent

Mon fils sollicite aussi les infirmières de nuit. Les infirmières lui ont répondu qu'elles n'avaient pas le droit de l'aider à mourir et que sa vie n'était pas foutue. Quant au docteur, il a envoyé Vincent sur les roses.

J'apprends tout ça un soir par Titi en personne. Et le personnel hospitalier me confirme son désir d'en finir.

La soirée ne va pas se terminer là. Comme si je n'en avais pas assez entendu, ce soir-là Vincent met les points sur les « i » au moment du traditionnel « bisous, je t'aime, à demain ».

— Arrête de dire que tu m'aimes, parce que tu ne m'aimes pas.

— Ça ne va pas, Vincent ? Bien sûr que je t'aime !

— Non, tu ne m'aimes pas. Si tu m'aimais, tu me tuerais.

*
**

— Maman, si tu m'aimes, tu me tues.

— Je ne peux pas faire ça. Justement parce que je t'aime, Vincent.

— Alors c'est que tu ne m'aimes pas assez.

Chaque jour j'y ai droit. Avec de multiples variantes, mais peu ou prou toujours le même refrain. Et comme je trouve de moins en moins quoi lui répondre et objecter, le travail de sape se poursuit méthodiquement, impitoyablement pour moi. Mes belles certitudes s'effilochent, et je me pose une multitude de questions effrayantes. Sur le sens de la vie, sur le rôle et les responsabilités d'une mère en pareille circonstance...

Je finis par faire mon introspection. Bien obligée ! Et là, ce que je découvre me déstabilise encore plus. Je m'aperçois que depuis que je suis toute petite, j'ai toujours eu peur de mal agir et, dès lors, de ne pas être aimée. Je n'ai cessé de multiplier les efforts dans ce sens. Comme si l'amour devait se mériter à coups de bonnes notes, en se montrant sage, soumise et obéissante.

Or maintenant, acculée au pied du mur, je découvre qu'une autre peur s'est emparée de moi, nettement plus affolante. Celle de ne pas savoir aimer vraiment, ou ainsi qu'il le faudrait. Mais cette peur que m'inspirent les remarques de Vincent, dois-je la surmonter en me rendant à ses raisons ? Je ne puis m'y résoudre.

*
**

Pendant ce temps le foyer a définitivement fermé ses portes. On m'a aidée à trouver un logement provisoire dans une soupente, non loin du centre. Et s'agissant d'une éventuelle admission de mon fils dans une autre maison – chez les « plantes vertes » comme il dit –, je ne sais toujours pas à quelle échéance il faut l'envisager. En tout cas la pression exercée n'est pas trop forte de ce côté-là.

En ce qui concerne Vincent, sans que je sache pourquoi, j'ai droit à une sorte de cessez-le-feu. En fait, je ne vais être mise dans la confidence qu'au bout de quelques jours, lorsque le projet que Titi a ourdi aura abouti.

Un projet ? Que dis-je, un complot, lequel consiste à écrire une lettre au président de la République française, Jacques Chirac soi-même ! Avec la complicité de Chantal, il en a pesé chaque mot, pensé chaque phrase, jusqu'à pouvoir se la réciter par cœur et se la répéter nuit après nuit pour modifier telle tournure ou expression qui, le matin venu, ne lui semblait pas assez appropriée.

Sa teneur finale, telle que j'en prends connaissance à travers une photocopie, la voici.

Monsieur Chirac,

Tous mes respects, Monsieur le Président.

Je me présente : je m'appelle Vincent Humbert, j'ai vingt et un ans. J'ai eu un accident de la circulation le 24 septembre 2000. Je suis resté neuf mois dans le coma. Je suis actuellement à l'hôpital Héliomarin à Berck, dans le Pas-de-Calais.

Tous mes sens vitaux ont été touchés à part l'ouïe et l'intelligence, ce qui me permet d'avoir un peu de confort.

Je bouge très légèrement la main droite, en faisant une pression avec le pouce à chaque bonne lettre de l'alphabet. Ces lettres constituent des mots et ces mots forment des phrases. C'est ma seule méthode de communication.

J'ai actuellement une animatrice à mes côtés qui m'épelle l'alphabet en séparant voyelles et consonnes. C'est de cette façon que j'ai décidé de vous écrire.

Les médecins ont décidé de m'envoyer dans une maison d'accueil spécialisée.

Vous avez le droit de grâce et moi, je vous demande le droit de mourir.

Je voudrais faire ceci évidemment pour moi-même mais surtout pour ma mère : elle a tout quitté de son ancienne vie pour rester à mes côtés, ici à Berck, en travaillant le matin et le soir après m'avoir rendu visite, sept jours sur sept, sans aucun jour de repos. Tout ceci pour pouvoir payer le loyer de son misérable studio. Pour le moment, elle est encore jeune. Mais dans quel-

ques années, elle ne pourra plus encaisser une telle cadence de travail, c'est-à-dire qu'elle ne pourra plus payer son loyer et sera donc obligée de repartir dans son appartement, en Normandie. Mais impossible d'imaginer rester sans sa présence à mes côtés et je pense que tout patient ayant toute sa conscience est responsable de ses actes et a le droit de vouloir continuer à vivre ou mourir.

Je voudrais que vous sachiez que vous êtes ma dernière chance. Sachez également que j'étais un concitoyen sans histoire, sans casier judiciaire, sportif, sapeur-pompier bénévole.

Je ne mérite pas un scénario aussi atroce et j'espère que vous lirez cette lettre qui vous est spécialement adressée. Vous direz toutes mes salutations distinguées à votre épouse. Je trouve que toutes ses actions, comme les pièces jaunes, sont de bonnes œuvres.

Quant à vous, j'espère que votre quinquennat se passe comme vous le souhaitez, malgré tous les attentats terroristes.

Veuillez agréer, Monsieur le Président, l'expression de mes sentiments les plus distingués.

Vincent Humbert

P-S : Je voudrais une réponse de votre part, même si celle-ci est négative.

Cette supplique a été postée le matin du 30 novembre 2002, à l'adresse du palais de l'Élysée. Vincent y a mis tous ses espoirs, comme dans ces bouteilles que les naufragés d'autrefois jetaient à la mer. Sa joie et sa fierté font tellement plaisir à voir que je m'en voudrais de les gâcher, même si sa démarche me semble insensée et à vrai dire condamnée.

Tout premier magistrat qu'il soit, comment Jacques Chirac pourrait-il accéder à sa requête ? La loi ne le permet pas !

Pis : lira-t-il seulement cette lettre de ses propres yeux ou lui fera-t-on simplement part de son existence, puisque l'un des services de la présidence est justement prévu pour répondre à ce genre de courrier ?

Non, au fond de moi, je ne me fais guère d'illusions. La cause est perdue d'avance et Vincent risque d'être affreusement déçu.

Et quelque part, lâchement, ça m'arrange.

11

Le raz de marée médiatique

Le localier qui s'est précédemment fait l'écho de ma pétition, Pierre Leduc, apprend l'envoi de ce courrier au Président et propose d'en publier le contenu dans les colonnes de *Montreuil-Hebdo*, accompagné d'un entretien avec son expéditeur. Ce que Vincent accepte. À Berck, la semaine suivante, cette histoire a l'effet d'un coup de tonnerre. Mais pas de nouvelles de Jacques Chirac jusqu'à ce que, le 14 décembre au matin, nous recevions une enveloppe à l'en-tête de l'Élysée. Je l'ouvre fébrilement, et en entreprends aussitôt la lecture à haute voix.

Cher Monsieur,

Le président de la République a bien reçu votre lettre. Sensible aux sentiments qui ont inspiré votre démarche, M. Jacques Chirac m'a confié le soin de vous remercier de lui avoir fait part de votre témoignage et de vous assurer de tout son soutien dans l'épreuve à laquelle vous êtes confronté.

Croyez bien que le chef de l'État comprend vos préoccupations.

Je vous prie d'agréer, cher Monsieur, l'expression de ma considération distinguée.

Et c'est signé par le chef adjoint du cabinet de la présidence de la République. Autrement dit une non-réponse, sinon une fin de non-recevoir.

Outré de ce que sa lettre ne soit pas remontée jusqu'à son réel destinataire, Vincent ne rend toutefois pas les armes. Au contraire, il s'obstine et forme le projet d'une deuxième lettre susceptible, cette fois, de franchir tous les barrages. Mais sans le savoir, il a déjà donné... un sacré coup de pouce au destin. Pour preuve, le lendemain même un journaliste prend contact avec nous par téléphone. Il a lu l'article paru dans *Montreuil-Hebdo*. Lui travaille pour RTL et *France-Soir*. Il se nomme Frédéric Veille et désire m'interviewer, ce que nous lui accordons volontiers.

Le 16 décembre, Vincent fait la une de l'actualité.

Presse écrite, stations de radio et chaînes de télé, tous les médias d'audience nationale relaient l'information et s'emparent de son « Je vous demande le droit de mourir ». Partout la même photo de Vincent est reproduite, la plus récente que j'aie de lui, prise deux mois avant l'accident, lors du mariage de son frère Guillaume. Il est en cravate et parle devant un micro. Très vite, son visage devient familier à la plupart des Français.

Mais l'important est ailleurs. Ce qui compte d'abord et avant tout, c'est l'émotion soulevée, le débat et le respect suscités par son appel au secours.

Dans le « 7 à 8 » de TF1 puis sur France 2, dans les émissions d'Arlette Chabot et de Mireille Dumas, je suis conviée à raconter ce drame personnel qui prend les allures d'un problème de société. S'ensuivent « Mots croisés », « Le droit de savoir », « Secrets d'actualité », les journaux télévisés de treize et vingt heures. Jamais je ne me serais crue capable d'affronter des caméras sans bafouiller ni paniquer. Qui plus est en direct ! J'y parviens cependant, grâce à la formidable humanité de celles et ceux qui m'interrogent.

Ce n'est déjà plus une « affaire », c'est un raz de marée. Vincent, qui écoute la télévision et se fait lire les journaux, est regonflé à bloc. Cette fois, il en est certain, Jacques Chirac a été contraint et forcé de prendre connaissance de sa lettre. Et il va lui donner son aval.

On n'en est pas encore là, mais deux conseillers de l'Élysée ne tardent pas à se manifester. Ils désirent rencontrer mon fils et s'entretenir avec lui. Celui-ci les reçoit. Je leur explique comment dialoguer avec Vincent puis les laisse seuls à seul en me retirant dans le couloir.

Une heure s'écoule et, l'air grave, les mystérieux émissaires s'en retournent.

Que sont-ils venus chercher ? Vincent, plus lucide que jamais, me l'explique sans détour.

— Ce qu'ils voulaient, c'est s'assurer que j'ai toute ma tête, vérifier que je n'ai pas écrit ma lettre sous influence et que je ne suis pas manipulé par mon entourage. Crois-moi, je ne les ai pas loupés. Ils en ont gentiment pris pour leur grade...

De fait, quelques jours plus tard, le président téléphone à Berck.

— Vincent, je te propose une chose. Est-ce que je peux voir ta maman ? Tu dis oui ou tu dis non.

Il dit oui, bien sûr, et c'est ainsi que je suis officiellement invitée à me rendre à l'Élysée. S'il le pouvait, Vincent hurlerait sa joie. Le rendez-vous est fixé au 24 décembre. La veille, Madame le sous-préfet m'invite à dîner. C'est elle qui est chargée de me conduire à Paris, et elle tient à préparer minutieusement l'entrevue que je vais avoir avec le chef de l'État.

*
**

La petite Normande que je suis, une citoyenne parfaitement ordinaire, n'en mène pas large en pénétrant dans la cour d'honneur du 55, rue du Faubourg-Saint-Honoré. Et encore moins lorsqu'elle entre dans le palais. Mais ce ne sont pas les dorures des lambris qui m'impressionnent. Car je dois garder la tête froide. Je suis ici en mission, au nom de Vincent dont il me faut représenter et défendre les intérêts. Une lourde responsabilité, au point qu'il m'a fait répéter chaque mot que je vais prononcer.

Du coup, même si je n'en ai pas nettement conscience, je bascule malgré moi dans le camp de mon fils. Je ne souhaite pas sa mort mais je me fais l'avocate de son vœu le plus cher, mourir. Et c'est sans doute moi que, ce faisant, je convaincrai le mieux.

En fin de matinée, on m'introduit auprès de Jacques Chirac. Immédiatement il me fait asseoir et, d'un ton paternel, il tente de me mettre à l'aise. Je lui confie tout, dans le moindre détail. Ce qui est arrivé à Vincent, son bilan de santé, son état d'esprit, la précarité de notre situation à bien des égards. Son attention se porte d'ailleurs sur ce dernier point. Le président s'étonne, par exemple, qu'un pompier accidenté au retour de sa caserne n'ait pas droit à la plus petite aide financière, quand bien même il serait bénévole.

Ce qui compte à ses yeux, c'est que je n'aie plus de soucis matériels, de telle façon que Vincent recouvre le courage et le goût de vivre. Car il n'est pas question d'accéder à sa demande. Le droit de mourir ne peut s'accorder. Ce n'est d'ailleurs pas un droit, puisque aucune loi ne le permet. Au contraire !

— Donc ne vous avisez pas, madame Humbert, de l'aider en quoi que ce soit dans ce projet funeste. Sinon vous risqueriez la prison.

— Je le sais...

— Alors ne faites pas de bêtise.

Pour le reste, le chef de l'État est ouvert à tout. Il se dit prêt à faire intervenir ses services pour trouver des solutions à nos différents problèmes. Apprenant que je travaille au noir, il me propose même de l'argent, sur ses fonds personnels.

— De combien avez-vous besoin ?

Je décline son offre, mais en le remerciant pour sa générosité.

Là-dessus, le temps est venu de passer à table. Bernadette et Claude Chirac m'attendent pour déjeuner en leur compagnie. Le président m'amène auprès d'elles, me présente, puis me quitte sur quelques paroles de réconfort. Bien que n'ayant aucun appétit, je m'efforce de faire honneur à mes hôtesses. Claude, naturellement moins distante que sa mère, se montre chaleureuse envers moi. Nous parlons de tout et de rien, puis, après le repas, elle me fait faire une visite rapide des lieux. Je n'ai guère le cœur à ça, mais je ne veux pas risquer de paraître malpolie.

Enfin je prends congé. Le temps de donner un coup de fil à Vincent afin de lui dire que ça s'est bien passé – en éludant soigneusement les questions qu'il se pose – et j'entame le chemin du retour à Berck.

*
**

Je rentre tard, trop tard en tout cas pour rendre ce soir une visite à Titi. Mais, devinant son impatience, je lui téléphone quand même.

Tout au long de la route, je me suis demandé comment lui présenter le bilan de cette journée. Car je m'attends, évidemment, à ce qu'il soit déçu. Dans mon monologue téléphonique – puisque évidemment il ne peut pas me répondre –, j'essaie de lui présenter les choses avec optimisme.

Malgré son silence, je sais qu'il se sent floué, trahi. Au point même qu'il doit me soupçonner d'avoir été trop timorée, d'avoir occulté certaines choses. J'ai mal pour lui. Je me sens presque coupable de ne pas avoir obtenu satisfaction, mais je n'y suis pour rien.

Le lendemain, jour de Noël, c'est la soupe à la grimace. Je l'avais pourtant prévenu...

— Comment tu lui as expliqué ? Est-ce que tu lui as vraiment dit tout ça ? Es-tu sûre de n'avoir rien oublié ?

Oui je lui ai bien dit tout ça... Non je n'ai rien oublié... Soudain, le téléphone sonne. Je décroche. C'est l'Élysée.

— Madame Humbert ? Bonjour madame, monsieur le Président souhaiterait échanger quelques mots avec monsieur Vincent Humbert. Est-ce possible ?

— Ne quittez pas, je vous le passe.

Vincent ne me rapportera pas grand-chose de cette conversation qui se voulait apaisante mais ne pouvait le satisfaire. Je le sens néanmoins requinqué, même si cela ne va en rien modifier sa détermination.

*
**

Jacques Chirac n'a certes pas donné à Vincent la bénédiction qu'il attendait, mais il ne s'est pas contenté non plus de prononcer de belles paroles. Car notre rencontre a été suivie de fort heureuses conséquences.

D'une part, la sous-préfète est intervenue en son nom pour que me soit attribué dans les huit jours un logement HLM. D'autre part, alors que je m'étais fait voler mon chéquier et qu'environ vingt mille francs avaient été tirés sur mon compte, me laissant sur le sable, les choses s'arrangent avec ma banque qui, subitement, s'avise d'effacer cette dette contractée malgré moi.

Ce n'est pas tout. Trois hauts gradés des pompiers de Paris nous rendent visite pour remettre à Vincent, riant sous cape, une petite médaille dont il n'a que faire, à vrai dire. Mais la raison de leur venue est ailleurs. Car, selon eux, une erreur a été commise. Un pompier volontaire accidenté au retour de sa caserne a bel et bien droit à une aide. Il existe une caisse pour cela. Résultat, nous nous voyons remettre l'équivalent de sept mois de mon nouveau loyer.

Cette fois je ne refuse rien. Notre horizon s'éclaircit quelque peu et j'en profite, je l'avoue, pour repartir d'un bon pied. Dans quel but ? « Sauver » Vincent ? Céder à Vincent ? Je ne sais pas...

12

Le courrier du cœur

La médiatisation de la supplique de Vincent nous vaut un courrier innombrable. Il en vient de partout. Les lettres sont adressées par des gens de tous âges et de toute condition. Parmi tant d'autres, celle-ci a été postée de Belgique le 19 décembre 2002.

Bonjour Vincent.

Je prends la plume et j'ai envie de te contacter avec infiniment de respect, de douceur, de compassion pour ton âme qui souffre, prisonnière d'un corps meurtri.

Tu ne me connais pas. Je m'appelle [...]*, j'habite en Belgique près de Bruxelles et je vis seul avec mon chien, en essayant d'être le plus serein possible.*

Pour l'instant, je suis en congé pour au moins un an, et je n'ai aucune contrainte pour ce qui concerne le travail. Me voilà donc disponible.

J'ai vu mardi, à la télévision, une séquence te concernant, et depuis tu ne quittes plus mes pensées. Je voudrais pouvoir t'aider.

Je comprends ta démarche. J'ai été moi-même plusieurs fois suicidaire et l'idée de la mort m'est familière. Je n'en ai pas peur, au contraire. Comme l'écrivait Thomas Mann dans La Montagne magique : « *La mort est un retour au foyer, la réparation d'un lamentable accident (la vie).* » *Et déjà, par cette simple citation, j'ai peur d'effleurer ta blessure. Puissent les mots ne pas me trahir.*

Tu es jeune, tu souffres, et la mort t'apparaît comme une délivrance. Je suis d'accord avec toi. Dans ta situation, la vie apparaît comme une injustice. Ce qui t'est arrivé est injuste et révoltant. Aucun système philosophique ou religieux ne peut justifier ce que tu vis. Et c'est cela qui m'interpelle. Loin de moi, donc, l'idée de te bassiner les oreilles avec des discours cathos ou altruistes. Mais je pense très fort à toi. Toi sur ton lit d'hôpital, qui gueules parce que c'est too much, *trop fort, insupportable. Et cette idée m'obsède.*

Je voudrais pouvoir faire quelque chose pour toi. T'aider à vivre. Ce pourrait être une simple correspondance. Je veux bien venir te voir aussi. Ou, comme tu le souhaites, t'aider à mourir. En Belgique, la loi sur l'euthanasie a été votée. Mais dans les faits, il faut du temps. Je suis prêt à t'aider, j'ai de la place chez moi et je pourrais t'accueillir. Ça fait con, hein, un inconnu qui regarde la TV et puis qui débarque dans ta vie. Je ne m'impose pas, c'est toi qui décides, car quoi que tu puisses penser tu es encore maître de ton destin. Et ce destin, je suis prêt à le partager avec toi pour te rendre du courage, apaiser ta révolte, te consoler. En attendant, peut-être, l'envol vers un monde meilleur.

Si tu le veux bien, nous pourrons entretenir une correspondance suivie par l'intermédiaire de ta chère maman qui te lira sans doute cette lettre.

Mon très cher Vincent, sache que tu n'es pas seul, je suis en pensée avec toi, je souffre avec toi, et je voudrais pouvoir me réjouir avec toi. Cette idée de joie est odieuse, mais je veux t'envoyer de l'espoir.

Veux-tu me répondre ? Je t'offre mon aide et ma compassion. Voici mes coordonnées : [...].

Écris-moi, courage, je t'embrasse bien amicalement.

Nous l'apprendrons par la suite, après lui avoir répondu, l'auteur de ces lignes a vingt-sept ans. Il est le seul survivant d'un accident de voiture qui a coûté la vie à ses parents. Lui peut encore marcher, mais il a totalement perdu l'usage d'une main. Nous échangerons quelques lettres avant de le perdre de vue.

Autre courrier particulièrement bouleversant, celui que le célèbre professeur Léon Schwartzenberg envoie le 31 janvier 2003.

Mon cher Vincent,

Votre personne, celle de votre maman, Madame Marie Humbert, me touchent profondément.

(Si je ne vous ai pas écrit plus tôt, c'est que j'ignorais votre adresse.)

Je suis tout prêt *à vous aider à vous endormir pour l'éternité. Vous avez le droit de décider, le droit de continuer à vivre dans le cœur de votre maman, et dans le nôtre, après avoir vécu sur cette Terre qui n'est plus pour vous que le visage du malheur.*

Permettez-moi de vous embrasser,

Léon Schwartzenberg

Cet homme d'exception, d'une dignité exemplaire, nous ne le savons pas encore, est lui-même atteint d'une grave maladie qui l'emportera dans quelques mois.

J'ai appris par la suite que contrairement au tapage erroné qu'ont provoqué ses prises de position sur l'euthanasie, cet éminent professeur n'en était pas un partisan irresponsable. Une multitude de conditions devaient être réunies pour qu'il conçoive l'éventualité d'un tel geste. Le demandeur devait être sain d'esprit, bien sûr, mais surtout pas dépressif, ce qui pouvait altérer sa vision des choses. Et, avant tout, il fallait que son cas fût sans espoir.

Nous l'avons évidemment remercié en temps et en heure, mais je ne saurais dire combien ce genre de soutien a été d'un grand prix pour Vincent. Il ne s'est plus senti seul, et de nouvelles étoiles ont illuminé sa nuit.

Une troisième et dernière lettre, parmi tant d'autres que je voudrais citer. Celle-ci émane d'un très jeune garçon à peine sorti de l'enfance. Elle a été postée le 26 mars 2003.

Madame, Vincent Humbert,

Madame, sachez premièrement que je partage le malheur qui vous touche, vous et Vincent votre fils. Je pensais que Vincent avait trouvé son salut en quittant ce bas monde. Je perdis cette trop belle illusion quand j'ouvris le magazine Elle *que ma sœur reçoit. Quel ne fut pas mon désespoir en trouvant un article vous concernant. Peut-être que cet article m'a bouleversé puisque je suis « frère de nom » avec Vincent, ou bien qu'il a eu un accident de la route, chose que j'ai trop sou-*

vent connue, ou que la tragédie toucherait n'importe qui et qu'une personne n'éprouvant aucun regret à votre égard aurait un cœur de pierre, froid et lourd comme le plomb. Aussi, je me permettrai de porter un jugement. Je vous trouve d'un courage extrême, d'une volonté de fer et d'un moral dépassant l'entendement [...]. *L'état de Vincent n'a apparemment aucune chance de s'améliorer. Je vous le confirme, la mort est la seule solution. Si votre décision est bancale, elle n'a pas à l'être, alors j'espère que je serai le quatrième pied pour redresser le trône de cette noble voie que la philosophie ne saurait dérouter. Malgré les lettres vous insultant, vous contredisant, persévérez. Aucune arme n'est plus dévastatrice que la persévérance. Je suis attristé simplement par les merveilles que la vie avait encore à offrir à Vincent. À quatorze ans, je n'en aperçois que les débuts, mais en me mettant dans le corps de Vincent, alors ces plaisirs deviennent horreurs et démons. Sachez aussi que je ferai tout ce qui sera en mon pouvoir pour redonner la motricité originale à Vincent, je pactiserai avec Satan, j'abandonnerai mes membres aux chimères qui hantent les cauchemars. Je vous prierai aussi de transmettre à Vincent ma reconnaissance éternelle, ainsi que ma plus grande estime, il mérite d'être canonisé et de reposer auprès des plus grands. Sachez dernièrement que j'aimerais entretenir une correspondance avec vous, vous et Vincent. Si cette requête aboutit, voici mon adresse :* [...]. *Je souhaite la mort de Vincent pour sa délivrance plus que ma vie. En espérant que ce vœu soit exaucé, Madame, Vincent, veuillez comprendre ma plus grande espérance, ainsi que ma plus grande compassion.*

P-S : si cette lettre vous a offensés, alors je m'en excuse et vous prie de me pardonner.

Quatorze ans... J'ai la chair de poule rien qu'en parcourant ces phrases où un inconnu a mis tout son cœur.

*
**

Les lettres reçues, je les lis à Vincent sans effectuer de tri au préalable.

Elles peuvent être maladroites, mais jamais elles ne sont injurieuses ou critiques à l'égard de mon fils. Bien sûr certaines personnes, revendiquant haut et fort leur appartenance à l'Église catholique, se permettent de nous faire la morale, de nous indiquer le « droit chemin » selon elles ou de vanter les vertus de la souffrance en citant l'exemple du Christ.

Elles sont au demeurant peu nombreuses à oser aller jusque-là. La plupart se contentent de nous accompagner par la prière ou de nous adresser des médailles miraculeuses que nous conservons dans une boîte. Pourvu que nous ayons leurs coordonnées, et que ces correspondants attendent une réponse, nous nous efforçons de les remercier tous.

Cela nous prend beaucoup de temps. Sans compter que nous nous ruinons en achat de timbres. Mais très vite, à Berck comme ailleurs, une incroyable chaîne de solidarité s'organise pour nous prêter main-forte.

— Si vous avez du courrier à poster, me fait savoir l'un, donnez-le-moi. Ça ne me coûtera rien : je le ferai passer sur le compte de mes frais généraux...

D'autres nous fournissent des cartes postales, des enveloppes, des photocopies gratuites ou du papier à lettres à l'en-tête de Vincent.

Les postiers finissent eux-mêmes par se mêler de l'affaire. À force de me livrer des sacs de courrier, ils vont se cotiser pour faire réaliser et me remettre une série spéciale de cinq cents timbres auxquels sont accolées des vignettes imprimées à l'effigie de Vincent.

Les facteurs aussi sont des hommes et des femmes de cœur !

La Poste accomplit d'ailleurs des prodiges. Car beaucoup de celles et ceux qui nous écrivent ignorent notre adresse, voire que nous habitons à Berck-sur-Mer. Cela ne les empêche pas de jeter dans la boîte des enveloppes ainsi libellées : « À Marie, la mère de Vincent ». Avec au dos cette mention : « Merci au facteur de faire suivre, bisous. » Or ces missives nous parviennent également. Il semble que, du côté de Bordeaux, il existe un service spécialisé dans l'acheminement de ce genre de lettres. Je peux attester qu'il est d'une efficacité redoutable.

Tous ces élans, ces témoignages, ces signes d'amitié et d'amour font un bien fou à Vincent.

— Tu vois, me dit-il parfois, vouloir mourir ne signifie pas que je suis un monstre !

Moi, je suis plus perturbée que je ne veux le laisser paraître. Surtout lorsque quelqu'un se propose d'aider mon fils à passer à l'acte. Souvent il s'agit de jeunes gens handicapés comme lui. Mais autant Vincent reste décidé à aller jusqu'au bout, autant il refuse qu'une tierce personne, en dehors de l'un de ses proches ou du corps médical qui l'entoure, ne prenne le risque de contrevenir à la loi et, partant de là, de se retrouver en prison. L'invite-t-on à se rendre en Belgique ou en Suisse – des pays où le droit lui permettrait, au bout d'un certain temps et en respectant une procédure très précise, d'obtenir gain de cause ? Il ne l'accepte pas non plus. Peu lui importe que notre hébergement ou que les frais du voyage soient assurés, c'est pour lui une question de principe.

— Non, je suis français et je veux mourir chez moi, en France. Tant pis si la loi est mal faite, je ne veux pas partir en catimini pour l'étranger. Je ne suis pas un criminel !

Un temps, néanmoins, il caresse une idée extravagante.

— Tu comprends, maman, Jacques Chirac c'était mon plan « A ». Ça n'a pas marché. Mais j'ai un plan de secours. Un plan « B ».

— Ah bon ? Explique-moi un peu. En quoi ça consiste ?

— Oh, c'est tout simple. Tu sais, il y a des gens dont c'est le métier.

— Quels gens ? Quel métier ?

— Des gens qui exécutent des contrats. Ça s'appelle des tueurs à gages. Il suffirait d'entrer en contact avec la mafia...

Là, j'éclate de rire.

— Ben voyons ! Et puis quoi, encore ? Tu crois que j'ai des relations avec la mafia ou que ça se trouve dans les Pages jaunes, à la rubrique « tueurs à gages » ? Non mais ça va pas, la tête ? On ne voit ça que dans des films ! Et puis avec quoi je le paierais, ton tueur de la mafia ?

Vincent est vexé. Je suis au moins rassurée sur un point : il a décidément une imagination très fertile.

*
**

Hormis celles de ses proches ou de quelques journalistes, Vincent reçoit peu de visites. Un jour, pourtant, un inconnu se présente à sa porte. Il s'agit d'un jeune adulte. Je l'accueille et m'entretiens un moment avec lui dans le couloir. Il me dit vouloir parler à mon fils pour lui faire part de son admiration, mais aussi pour le réconforter. Comme il m'inspire confiance, je l'introduis dans la chambre et lui explique de quelle façon dialoguer. Tout se passe bien. Puis Vincent me prie de les laisser seul à seul. Je pars fumer une cigarette.

Lorsque je m'en reviens, leur conversation se termine. L'inconnu me repasse la main, si j'ose dire, et nous salue aimablement avant de se retirer.

Le souvenir de ce jeune homme s'efface aussitôt de ma mémoire.

Pas pour longtemps, car dès le lendemain il refait son apparition. Cette fois, c'est à moi qu'il veut parler. Et avec ce que j'apprends, je tombe des nues...

L'inconnu souffre du sida et se sait condamné. Son ami l'a précédé dans la tombe et lui n'en a plus que pour quelques mois. Du coup il tient à offrir ses services à mon fils afin de l'aider à mourir. Comme il n'a plus rien à perdre, il voudrait au moins être utile une dernière fois et, de surcroît, rendre Vincent heureux en accomplissant une bonne action.

Je mesure sa détresse, son courage, la dignité de sa démarche. Et je ne mets pas sa sincérité en doute, puisqu'il a pris la peine de me demander mon avis. Mais je l'éconduis sur-le-champ, sans même lui laisser le temps de revoir Vincent.

Nous n'aurons plus jamais de ses nouvelles.

*
**

L'immense médiatisation de ce qu'il est dorénavant convenu d'appeler « l'affaire Vincent Humbert » nous vaut également d'être sollicités par des individus s'imaginant qu'ils ont un « bon coup à jouer », qu'ils soient en quête de reconnaissance ou carrément malintentionnés.

Un bon coup à jouer ? C'est de toute évidence ce qu'a pensé obtenir un paparazzi de la pire espèce à travers moi. Ce monsieur que je ne nommerai pas – mais il se reconnaîtra – n'a pas hésité à m'aborder pour que je l'autorise à prendre une photo de mon fils sur son lit de douleur. Je lui ai claqué la porte au nez mais ce sinistre individu est revenu à la charge, voulant m'appâter avec quelques grosses coupures. Cette fois je l'ai injurié. Sans le moindre scrupule, croyant que je voulais faire monter les enchères, il est allé jusqu'à me proposer... soixante mille francs, soit l'équivalent de neuf mille euros.

— En espèces, madame Humbert... De la main à la main, ni vu ni connu, rien que du black !

Comble du comble, cela se passait à la Noël. J'ai eu le plus grand mal à m'en défaire, mais ce salaud n'est jamais parvenu à ses fins. Je ne m'étonnerais d'ailleurs pas d'apprendre qu'un jour il ait tenté de circonvenir tel ou tel membre du personnel de Berck, auquel cas je les remercie toutes et tous de ne pas avoir cédé à ses avances sonnantes et trébuchantes. Car si une telle photographie avait été prise, il est évident qu'elle aurait été revendue au prix fort pour figurer dans les pages d'un journal *trash*.

Il en est également qui se tiennent à l'affût pour profiter du malheur des autres, de leur état de faiblesse et de leur désespoir. Ils portent différents masques mais, en fin de compte, leur avidité les dénonce : ils n'ont en vue que leurs propres intérêts. J'ai nommé ces charlatans qui n'hésitent pas à faire des promesses mirobolantes pour abuser et même ruiner des personnes naïves ou sans défense, et même d'autres plus aguerries. Car il y a bien eu, dit-on, jusqu'à certains présidents de la République pour prêter foi à leurs pratiques. À la seule différence près que ces derniers ne risquaient pas d'être mis sur la paille.

Ainsi avons-nous eu notre lot de magnétiseurs, de guérisseurs, de vendeurs de poudre aux yeux, de gourous et de représentants sectaires. L'un d'entre eux ne s'est pas contenté de nous écrire « je vais venir vous voir, je sais que je peux faire remarcher Vincent », il est venu jusqu'à nous !

— Madame, m'a-t-il expliqué, il suffira de trois séances séparées d'une semaine chacune. Et vous verrez, je vous garantis le résultat : au bout de trois fois, pas une de plus, votre fils pourra de nouveau se déplacer sur ses jambes.

Quel don, quel dévouement ! Sauf, bien sûr, que le service était dûment et hautement tarifé. Et payable d'avance, cela va de soi...

*
**

Cher Vincent

Je suis comme toi, j'ai eu moi aussi le 24 septembre un accident qui a fait de moi ton frère de misère. Ce ne fut pas un accident de voiture mais un accident vasculaire cérébral.

Comme toi, petit frère, je suis tétraplégique, j'ai une trachéo, des gavages et des fausses routes et un corps qui appartient aux kinés, aux infirmières, aux aides-soignants. Mais j'ai un œil valide et j'y vois assez.

Cela depuis le 24 septembre 1997. J'ai trois ans de misère de plus que toi, c'est pour cela que je t'appelle « petit frère ».

Ainsi commence le magnifique message d'espoir que Jacques, un Lyonnais, a envoyé à Vincent comme on envoie une bouée de sauvetage.

Comme lui, dit-il, il a eu envie de quitter cette vie invivable. Sa traversée du désert a duré presque trois ans, mais il a franchi le cap grâce à l'amour de son épouse. Celle-ci ne l'a pas écouté lorsqu'il l'a suppliée, pour en finir, de poser son doigt sur la canule qui lui permet de respirer. « *On ne peut pas demander ça à quelqu'un qui vous aime. Elle me répétait doucement : – Je t'ai aimé debout, je t'ai aimé assis, je t'aime couché, rien n'est changé. Ta mère pourrait dire les mêmes paroles : – Je t'ai aimé petit, je t'aime adulte. Je t'ai aimé valide, je t'aime encore handicapé, rien n'est changé.* »

Tout le reste, selon Jacques, n'est qu'une affaire de patience. Car au bout du tunnel, il y a une autre existence qu'il n'hésite pas à qualifier de plus intéressante.

Pour cela, il faut accepter de faire le deuil de son corps. Mais aussi s'ouvrir à cet autre monde, plein de richesses, qu'est celui de l'esprit.

Jacques dit s'y être engouffré et y avoir trouvé son salut. Il a appris à communiquer autrement. Il a découvert la littérature, le cinéma, la musique, et partage désormais ces goûts avec sa femme. Fini le temps où il se sentait diminué parce que réduit à l'état de handicapé, les nuits peuplées de cauchemars, les réveils pris de vertiges. Son corps ne lui paraît plus si important qu'il l'était autrefois, et cependant il se considère comme un homme vrai et entier. Et Jacques affirme être heureux comme ça.

Cette lettre est assurément l'une des plus belles qu'on ait écrites à mon fils. Tout y est. La sincérité, la sensibilité, l'intelligence du cœur, l'expérience des choses, l'optimisme. Enfin – de mon point de vue –, quelqu'un qui ne se contente pas d'abonder dans le sens de Vincent. Car en comprenant ses raisons, Jacques lui propose bel et bien de s'engager sur une autre voie. Le chemin est ardu, certes, mais il offre de réelles perspectives d'avenir, il donne envie d'avancer !

Nous en discutons longuement. Vincent est ému, troublé et reconnaissant, tout comme moi, mais l'exemple et les arguments de Jacques ne le touchent pas au point de le faire changer d'avis et de remettre en cause sa décision. Je ne comprends pas pourquoi.

— Écoute, me répond-il, lui et moi ce n'est pas pareil. D'abord il voit, ne serait-ce que d'un œil. Avoue que c'est quand même plus facile pour lire des livres et regarder des films... Ensuite il a vécu une vie d'homme, c'est-à-dire qu'il a eu le temps de profiter de l'existence, de construire quelque chose et de se marier, alors que moi je n'ai vécu qu'une vie d'enfant et d'adolescent. Cela fait une sacrée différence : moi je ne vivrai jamais une vie d'homme, et je ne me marierai jamais. Et puis surtout il y a autre chose, maman. Tu le sais, je ne cesse de m'en plaindre : je souffre. C'est insupportable. J'ai mal partout, continuellement, et on n'a rien trouvé pour atténuer ces douleurs. Relis sa lettre, pas une fois il ne dit qu'il souffre. Pas une seule fois il ne dit avoir mal... Alors que moi je vis un enfer, crois-moi ! C'est pour ça que je veux partir, en finir, et que j'ai besoin de toi.

Comment pourrais-je le contredire ?

13
J'ai dit oui

Oui, je vais t'aider.

La souffrance de Vincent a eu raison de mon acharnement à vouloir le garder près de nous « malgré tout ». Ce « malgré tout » pèse décidément trop lourd. Vincent est aveugle, il a perdu l'odorat et le goût, il a du mal à respirer, il souffre dans son corps, il ne pourra jamais remarcher, serrer une femme dans ses bras, parler autrement que par l'intermédiaire de cet alphabet tactile que nous avons mis au point. Et il peut vivre ainsi des dizaines d'années ! Qu'aurons-nous encore à nous dire dans vingt ans ? Et, surtout, qu'adviendra-t-il de lui si je viens à disparaître ?

Alors j'ai dit oui. Sauf que j'ai posé une condition.

— Tu me donnes six mois. J'ai besoin de ça pour me préparer.

— D'accord, maman, mais promets-moi que tu le feras le 24 septembre 2003, le jour du troisième anniversaire de mon accident, à la même heure, et que tu ne chercheras pas à gagner du temps. Jure-le-moi.

— Je te le jure.

Quelques semaines auparavant, nous avons consulté un grand spécialiste venu de Paris. Il a épluché le dossier de Vincent et dressé un bilan complet de son état de santé. La médecine a fait tout ce qu'il était possible de faire au stade actuel de ses connaissances. Aucune opération ne pourra apporter quelque amélioration que ce soit, et plus aucun progrès n'est envisageable.

Ce qui n'empêchera pas Vincent de vivre des dizaines d'années comme ça. Peut-être même deviendra-t-il centenaire...

Ensuite nous nous sommes tournés vers le Conseil d'éthique. Un psychiatre, un psychologue et un neurologue ont fait le déplacement jusqu'à Berck pour vérifier que Vincent est lucide et ne souffre pas d'une dépression.

Il n'en est rien. Alors, de vive voix (je peux le certifier), ils lui ont dit approuver sa demande. Mais lorsqu'il a fallu qu'ils rendent leur verdict par écrit, ils ont changé de discours. Selon eux Vincent est quelqu'un d'extraordinaire, qui restera toujours dans leur cœur, mais malheureusement il est trop jeune pour mourir... et en parfaite santé !

Je n'en veux à personne. Nul n'est obligé d'accomplir un acte contraire à ses convictions. Ce que je ne comprends pas, c'est que le geste que j'ai promis de faire puisse être assimilé à un crime au regard de la loi. Et que je puisse risquer la prison pour cela.

Quand j'en parle à Vincent, il me répond avec humour que « toute expérience est bonne à prendre ». Mais au fond de lui, je crois qu'il a tout pesé, tout envisagé. Même s'il ne me le dit pas ouvertement, il est intimement persuadé que j'échapperai à la paille humide des cachots. Peut-être me condamnera-t-on pour l'exemple à une peine symbolique, ou avec sursis, mais aucun tribunal n'osera aller plus loin car l'opinion publique est pour nous et avec nous.

De mon côté je n'en suis pas si sûre. À vrai dire, je m'en fiche. La justice des hommes vaut ce qu'elle vaut, seuls mon fils et Dieu peuvent me juger. Maintenant que ma décision est prise, je ne me pose plus de questions et je ne cherche plus de réponses. Il me faut simplement du temps pour me préparer psychologiquement.

Ayant donné ma parole, je n'ai pas le droit de décevoir Vincent, ni de reculer. Oh, cela va de soi, je ne peux pas m'empêcher d'espérer que, au cours des six mois à venir, il se produira quelque chose qui fera revenir Vincent sur sa décision. Ou, à défaut qu'il renonce, qu'il retarde l'échéance finale. Mais je sais bien que ce sont là des hypothèses insensées.

Une seule chose est sûre, patente : Depuis que je lui ai dit « oui », Vincent est heureux. Plus de sautes d'humeur, ni de colères. Même sa souffrance ne semble plus l'atteindre. Ou plutôt, tout en calculant le nombre de jours qui le séparent du terme fixé, il prend dorénavant son mal en patience.

Autre dérivatif fort bienvenu pour tromper son attente, Vincent s'est attelé à la rédaction de son livre. L'idée lui en est venue parce qu'il éprouve le besoin de s'expliquer. Ne serait-ce que pour plus tard, lorsque ses neveux et ses nièces, devenus grands, voudront savoir la vérité. Mais aussi pour prendre ma défense. C'est ce qui s'appelle tout prévoir, et cela lui ressemble.

Il a demandé à Frédéric Veille, ce journaliste qui l'a fait connaître à la France entière, s'il voulait bien se lancer avec lui dans cette aventure. Nous avons relevé le défi. Depuis lors Frédéric me prépare ses questions, je prends les réponses de Vincent (car je vais plus vite que quiconque) et je les transmets à Frédéric.

Ces séances d'écriture ne vont cependant pas sans quelques éclats, surtout lorsque le perfectionnisme de l'un se heurte à celui de l'autre.

— Je veux que tu changes ce mot, exige Vincent.

— Ce n'est pas possible, ça ne va pas dans la phrase, répond Frédéric.

— Je m'en fous ! insiste Vincent.

Et puis, de compromis en relectures, tout finit par s'arranger.

*
**

Vincent ne veut décidément rien laisser au hasard. Ainsi me fait-il part de ses dernières volontés, et ce dans le moindre détail. S'agissant de ses obsèques, je l'interroge pour savoir s'il accepte de passer par l'église, vu que lui n'est pas croyant. Enfin, c'est ce qu'il dit. Il ne croit pas en Dieu, mais à un autre monde...

— Écoute, maman, c'est très simple : tu fais ce que tu veux de ma peau.

— Tu es sûr que ça ne te dérange pas ?

— Non, pourvu que tu ne me fasses pas enterrer. Je préfère être incinéré, et vous vous répartirez mes cendres.

— Et que devrai-je en faire, après ?

— Tu les répandras où tu voudras, quand tu voudras. Un jour, tu trouveras bien un joli petit coin où me mettre. Je te laisse le choisir.

Le reste est réglé comme du papier à musique. Ma sœur Patricia se chargera d'organiser les choses. Vincent devra porter le polo qu'elle lui a offert, un pantalon de jogging, des chaussettes à l'effigie de Titi le canari et des baskets. Pendant la cérémonie, on devra jouer des airs de Bob Marley et *Le Paradis blanc*, de Michel Berger, sa chanson fétiche.

Il en sait les paroles par cœur, et le dernier couplet lui va comme un gant...

Je m'en irai dormir dans le paradis blanc
Où les manchots s'amusent dès le soleil levant
Et jouent en nous montrant
Ce que c'est d'être vivant
Je m'en irai dormir dans le paradis blanc
Où l'air reste si pur
Qu'on se baigne dedans
À jouer avec le vent
Comme dans mes rêves d'enfant
Comme, comme, comme avant
Parler aux poissons
Et jouer avec le vent
Comme dans mes rêves d'enfant
Comme avant

*
**

Un jour, sœur Annonciade est venue nous rendre visite. Vincent et ses frères la connaissent depuis toujours et l'ont toujours appelée « Mamie Écureuil ». Mais cette fois-là, en prévision de son arrivée, Chouchou m'a dicté un mot à lui transmettre : « Mamie Écureuil, toi la femme de Dieu, j'ai à te parler. »

Je lui cède ma place. Annonciade prend sa main et, comme d'habitude, je vais attendre dans le couloir qu'ils en aient fini.

Ce qu'il a à lui dire est tout simple et touchant de naïveté à la fois. Vincent voudrait que, s'il lui arrivait quelque chose, elle me reprenne avec elle dans ce foyer où j'ai été tellement choyée autrefois.

— Mais enfin, lui a rétorqué Annonciade, tu n'y penses pas ! Je n'y travaille plus depuis longtemps, dans ce foyer, et de toute façon ce n'est plus de son âge !

Je n'apprendrai que plus tard la teneur de cette conversation, et elle m'a bien fait rire...

*
**

Je ne pourrais pas dire au juste qui a été mis dans la confidence, mais je pense que pour ne pas courir de risque inutile Vincent a gardé jusqu'au bout secret le jour dont nous sommes convenus. De toute manière, même si je connaissais des noms, je ne les livrerais pas en pâture.

D'abord, si des personnes ont été mises au courant, une telle indiscrétion de ma part pourrait leur valoir des ennuis. Même avec la justice, car on pourrait les accuser de non-assistance ou que sais-je encore. Il ne manquerait plus que ça...

Plus le jour approche, plus le temps me file entre les doigts. Le livre de Vincent est achevé et déjà sous presse. Son éditeur l'ignore, je peux l'assurer, mais moi je sais que sa date de sortie permettra à Vincent de le toucher du pouce juste avant de... Ce sera son dernier bonheur, sa fierté, le sentiment que son calvaire et sa décision d'y mettre fin n'auront pas été inutiles.

Mon fils ne se contente plus de dénombrer les jours. Dans sa tête, il égrène les heures et même les minutes qu'il a encore à vivre. Sans tristesse ni inquiétude, au contraire : il est impatient d'arriver au terme de l'échéance qu'il s'est fixée.

Moi, évidemment, je voudrais être en mesure de suspendre ce compte à rebours qu'il m'a imposé. Mais je suis prête. Je l'ai dit et redit devant les médias. Tout le monde sait, si ce n'est quand, ce que j'ai décidé de faire. Comment pourrais-je trahir la confiance de Vincent ?

— Fais-moi un câlin, s'il te plaît, me demande-t-il souvent.

Non pour se rassurer lui-même, mais pour me communiquer toute sa tendresse. Car sans vouloir me l'avouer, il s'inquiète pour moi.

À une semaine du jour « J », il se montre un peu plus disert à ce sujet.

— Tu sais, maman, il ne reste que sept jours, deux heures et vingt-quatre minutes.

— Je sais, mais comment fais-tu pour être aussi précis ?

— Parce que je n'ai plus que ça à faire, compter et recompter dans ma tête. Je trouve même que ça va trop lentement...

— Pas moi.

— Tu sais que je t'aime ?

— Oui.

— Alors je voudrais te dire une chose.

— Je t'écoute.

— Bon, ben voilà. Quand je serai là-haut, ne reviens pas trop vite m'emm...

— Quoi ? Pourquoi tu dis ça ?

— Parce que je sens que tu ne vas pas très bien en ce moment.

— Et alors, Vincent, ça t'étonne ?

— Non. Mais là-haut, laisse-moi souffler un peu. Je t'ai assez vue comme ça. C'est promis ?

— Promis.

— Encore une chose, maman.

— Quoi donc ?

— Quand je serai là-haut, je voudrais que tu saches que je viendrai te toucher les oreilles...

La sale bête ! Il le sait bien, et depuis toujours, que je ne supporte pas qu'on me taquine le lobe des oreilles ! Et ça l'amuse !

Je fous le camp dans le couloir pour pleurer.

14
La délivrance

24 septembre 2003. Un mercredi. Patricia et Laurent, depuis deux jours à Berck, viennent tout juste de quitter la chambre. Plus personne à l'horizon. L'atmosphère est pesante, le silence à couper au couteau. Dans quelques minutes, je vais devoir respecter ma promesse. L'aider à s'envoler pour son paradis blanc.

— Maman, arrête de trembler.

— Je ne tremble pas.

— Et en plus, tu es menteuse.

Les derniers instants que nous avons passés ensemble, les derniers mots qu'il m'a dits, les ultimes recommandations qu'il m'a faites, tout cela n'appartient qu'à lui et moi.

Et puis, quand le temps a été consommé, quand l'heure a sonné, je l'ai embrassé et j'ai délivré Vincent.

Le bruit des vagues l'a bercé avant de l'emporter. Serrée contre lui, j'ai senti leur écume me piquer les yeux.

*
**

24 septembre 2003, 19 h 30. Quelqu'un est entré dans la chambre de Vincent. Je ne sais plus qui. Peut-être le Dr Rigaud. Mais je ne cherche pas à me défiler. J'assume. Oui docteur, j'ai fait une piqûre à Vincent. De quoi ? D'un mélange de barbituriques dont je ne connais pas la composition exacte.

— Je vous en prie, laissez-nous...

Malgré ce que j'en dis, le docteur court prévenir le médecin de garde et la direction du centre. L'alerte est également donnée auprès des autorités.

20 h 15. Il y a du monde partout. Grand branle-bas de combat. Vincent ayant été intubé puis transféré en salle de réanimation, je me retrouve au commissariat de Berck, où l'on me fouille et notifie ma mise en garde à vue.

On entreprend aussitôt de m'interroger. Je suis vidée, épuisée, dans le brouillard le plus complet, mais comme je reconnais les faits, tout se passe bien. On se montre même très respectueux envers moi, voire conciliant, au point de me donner quelque chose à manger. Mais je n'ai pas faim.

Il n'y a qu'un point sur lequel je ne veux pas leur céder : quand ils me demandent de leur donner le nom de la personne qui m'a fourni le cocktail lytique. Le nom de mon ou de ma « complice », comme ils disent, jamais je ne le prononcerai.

Jeudi 25 septembre 2003, 3 heures du matin. Je ne tiens plus. J'ai l'impression de divaguer. Tout me paraît irréel, sens dessus dessous. Je sais qu'on a emmené Vincent en réanimation, mais à l'heure actuelle, est-il vivant ou mort ? Mon Dieu, pourvu qu'il soit parti ! Je cherche à obtenir de ses nouvelles, on n'en a pas. On m'en donnera demain matin, m'assure-t-on. En attendant je vais pouvoir me reposer, me dit-on. Moi, je n'ai qu'une idée, me retrouver seule pour penser à mon Titi.

On m'installe dans une cellule où l'on a préalablement disposé un matelas, et l'on m'apporte même une couverture. Ces petits gestes, on ne les a pas pour une criminelle. Que celles et ceux qui ont ainsi pris soin de moi soient ici remerciés du fond du cœur.

6 heures du matin. Je me réveille embrumée par le somnifère qu'un médecin est venu m'injecter la veille au soir, après avoir pratiqué une prise de sang pour déceler une éventuelle alcoolémie. On me propose du café, puis on m'apporte des croissants. Les attentions continuent, qui m'émeuvent aux larmes. Sauf que je réclame continuellement à voir mon fils, et qu'on me demande d'attendre. J'ai l'impression de revivre ce que j'ai vécu au CHU de Rouen, il y a trois ans, humanité en plus mais liberté de mouvement en moins.

Au milieu de la matinée, enfin, on décide de me reconduire au centre héliomarin. Sous bonne escorte. Car dehors, c'est la cohue. Une meute de journalistes se précipite pour tenter de me prendre en photo. Toute la presse est sur les dents et la France entière, paraît-il, déjà au courant.

Midi. Toujours sous bonne garde, je peux apercevoir mon fils derrière une vitre. Je supplie le médecin présent de me laisser entrer. Juste quelques instants. Il l'accepte et je peux embrasser Vincent. Il est dans un coma profond. En larmes, je demande à ce qu'on ne s'acharne pas inutilement sur lui. Ne peut-on pas lui permettre de partir en paix ? Ne l'a-t-il pas demandé ? Aurais-je fait tout cela pour rien ?

On me reconduit au commissariat dans un état mêlé de fureur et de désespoir. Là, je trouve mon avocat – celui que Vincent m'avait demandé de consulter, s'attendant bien sûr à ce que j'aie quelques ennuis. Deux solutions se présentent : ou on me place en détention provisoire, donc en prison, ou à l'hôpital psychiatrique. Ceci lui paraît préférable.

Je ne tique même pas sur l'adjectif « psychiatrique ». Je suis indifférente à tout, c'est le dernier de mes soucis.

15 heures. Là-bas, à l'hôpital psychiatrique, un service entier a été vidé de ses malades pour que je me retrouve seule. Et des infirmières ont été requises pour me surveiller vingt-quatre heures sur vingt-quatre, dans ma chambre même. Bien sûr, on me remet sous sédatifs. Je me laisse faire.

Pendant ce temps, sur Europe 1, M. François Fillon, ministre des Affaires sociales, déclare ceci : « Depuis ce matin, je pense beaucoup à elle [*c'est-à-dire moi*], parce que je suis père de famille et que j'essaye de me mettre dans la situation qui est celle de cette femme et je mesure l'immensité de sa souffrance... Naturellement, en tant que membre du gouvernement, je ne peux pas préconiser que la loi ne soit pas respectée, mais je crois qu'il faut ouvrir un débat pour modifier notre législation et pour pouvoir, avec toutes les garanties nécessaires, prendre en compte les situations comme celle-là... Je ne sais pas ce que ce débat peut donner, mais je crois qu'il faut vraiment l'ouvrir et je pense qu'elle peut être fière d'avoir permis l'ouverture de ce débat dans notre pays... Je ne dis pas qu'il y a une solution facile à trouver à cette situation, mais non, je ne serais pas choqué que l'on légifère sur cette question. » Dont acte.

Vendredi 26 septembre 2003. On m'informe que, ce matin, les Drs Chaussoy, Rigaud, Agasse et Mielcarek sont convenus d'arrêter les soins actifs et de débrancher le respirateur artificiel. Mais cela n'a pas suffi, alors le Dr Chaussoy a dû pratiquer une injection létale. Le cœur de Vincent a cessé de battre tout de suite après. Le bon sens et l'humanité ont enfin triomphé. Vincent a gagné, mais il me manque déjà. Atrocement.

Le procureur de la République de Boulogne-sur-Mer a décidé de faire transporter son corps à Lille, après avoir ordonné une autopsie et des examens médico-légaux afin de déterminer les causes de la mort. Absurde. Résultat, je ne peux ni l'embrasser une dernière fois, ni même le revoir pour lui dire adieu. Pourtant le garde des Sceaux, M. Dominique Perben, aurait demandé au parquet de « faire preuve de la plus grande humanité dans l'application de la loi » à mon égard.

Du coup, le procureur s'est voulu rassurant. « Il n'y aura pas à l'instant d'ouverture d'information, il n'y aura pas de déferrement de Mme Humbert, elle ne sera pas présentée à un magistrat instructeur et bien évidemment il n'y aura pas de sollicitation en vue de la délivrance d'un mandat de dépôt ou même d'une mesure de contrôle judiciaire à son égard de la part du parquet... En ce qui concerne l'attitude de la justice à son égard, nous tirerons le bilan des événements que nous aurons rassemblés dans les jours qui viennent », a-t-il ajouté, soulignant au passage que je n'avais pas fait mystère de mes intentions.

Samedi 27 septembre. Dans le monde politique, le débat que M. Fillon appelait de ses vœux est ouvert. Les réactions se multiplient et s'entrecroisent. Tous les médias s'en font l'écho à propos de mon « geste d'amour ». Ainsi, à l'UMP, on estime que « le drame du jeune Vincent Humbert montre combien le débat est nécessaire et urgent », même si pour le ministre de la Santé, M. Jean-François Mattéi, l'euthanasie constitue « la mauvaise réponse à des questions de souffrance, de solitude et d'abandon ». Et de préciser ceci : « Qu'un être humain puisse donner la mort à un autre ne peut pas figurer dans un texte de loi. »

Dans un communiqué commun, par contre, les députés Nadine Morano (UMP) et Gaëtan Gorce (PS) demandent que « la législation évolue non seulement par esprit de justice mais aussi par devoir d'humanité. Le Parlement français ne peut rester insensible à cette question trop longtemps différée et déjà réglée chez certains de nos partenaires européens ».

Au nom du parti communiste, Marie-George Buffet préconise pour sa part la création d'une commission parlementaire. Mais, de son côté, M. Philippe de Villiers s'indigne : « L'idée d'inscrire dans la loi la possibilité de tuer est à la fois contraire au serment d'Hippocrate qui fonde la médecine et aux protections les plus élémentaires de la vie. »

Dimanche 28 septembre. M. Bernard Kouchner est interrogé sur France Inter. « Personnellement je pense qu'il ne faut pas de loi et qu'il faut s'entendre sur des exceptions d'euthanasie extrêmement codifiées, extrêmement encadrées et éventuellement avec des vérifications a posteriori, explique-t-il. C'est au malade de décider, ce n'est pas au médecin, ce n'est pas non plus au Premier ministre, et j'espère qu'on n'aura pas besoin de loi. » Et d'ajouter que, lorsqu'il était lui-même ministre de la Santé, « nous étions très près d'un résultat qui aurait été un peu d'accepter ce que le Comité national consultatif d'éthique avait recommandé, cette exception d'euthanasie, sans qu'une loi, forcément un peu brutale sur un tel sujet, à la hollandaise, forcément un peu contraignante, ne soit nécessaire ».

Improvisant une conférence de presse, M. Jean-Pierre Raffarin, Premier ministre, fait cette mise au point : « Face au drame d'une maman, face au drame d'une famille, je demande à tous qu'on exprime les plus grandes réserves et qu'on respecte le silence que l'on doit à cette famille dans la douleur. » En privé, on rapporte qu'il s'est montré plus précis. S'il a été ému par mon geste et s'il a exprimé de l'admiration pour moi, il considère néanmoins que j'ai commis une faute, même si je dois selon lui bénéficier de toute la compréhension et de toute l'indulgence possibles.

Lundi 29 septembre. Bien que brisée, anéantie, démunie, j'émerge un peu, tout en continuant de survivre. Heureusement, ma sœur Patricia, mes fils Laurent et Guillaume et tant d'autres m'entourent, me soutiennent et me protègent.

Les obsèques de Vincent sont prévues pour après-demain mercredi. Ensuite, ma sœur veut me ramener avec elle et Laurent à la Guadeloupe. Incapable que je suis de prendre la plus petite décision, je me laisse porter par les vagues.

Mercredi 1er octobre. On me conduit jusqu'au centre héliomarin. Le cercueil de Vincent est revenu de Lille scellé, et l'on n'a pas le droit de le rouvrir. On m'explique qu'il en est toujours ainsi, dès lors qu'il a fallu lui faire franchir les limites d'un département. Je ne l'aurai donc jamais vu dans son dernier sommeil.

15 heures. Dehors la mer est grise, il pleut et il fait froid, mais il y a foule pour nous accompagner. Derrière moi le cortège s'organise, que beaucoup vont suivre en fauteuil roulant. Mon cœur se serre un peu plus à leur vue.

Le signal du départ est donné. Deux kilomètres nous séparent de l'église Notre-Dame-des-Sables, où seulement cinq cents personnes vont pouvoir entrer.

Les notes du *Paradis blanc* n'ont pas fini de retentir sous la voûte que lecture est donnée d'un texte choisi par Vincent. « Que mon départ ne soit pas une souffrance pour vous, ne soit pas une cause de regret, de lamentation de l'âme. Je suis parti vers le pays de vie, de lumière, de paix et d'amour. Prenez mon départ comme une chose très simple, très naturelle. »

Puis l'abbé Hochard s'exprime. « Vincent nous a quittés comme il le souhaitait. Ce n'est pas à nous de juger. Qu'aurions-nous fait à sa place, quand la relation aux autres est presque inexistante ? [...] Quelqu'un meurt, et c'est comme un silence qui hurle. Mais si ce silence nous aidait à comprendre la fragile musique de la vie ? »

L'émotion me submerge. Ma vue se brouille. J'éclate en sanglots tandis que connus et inconnus défilent pour bénir le cercueil de Vincent, bordé de grandes gerbes. L'une, de roses blanches et roses, a été déposée au nom de Bernadette et Jacques Chirac. L'autre vient de Claude, leur fille.

La cérémonie s'achève. Nous partons pour Abbeville, où il nous faut assister à l'incinération.

Dehors, la pluie n'a pas cessé.

15
Le désespoir

Assez. J'en ai assez. De tout et du reste. Rien ne va plus. Je n'en peux plus. Personne ne peut comprendre. Je voudrais pouvoir raconter Vincent, ses rires et ses souffrances, son courage et ses pleurs, sa demande de mourir. J'ai tellement peur qu'on l'oublie. Que tout cela n'ait servi à rien. Si je vis encore c'est pour lui. Et je pense à tous les autres Vincent du monde. Si j'existe encore, c'est aussi pour eux. Mais je voudrais dire également ma propre souffrance, cette souffrance que je garde pour moi, au fond de mon cœur, pour ne pas embêter les autres, mes deux fils, mes sœurs, les miens, sur qui je ne veux pas peser. Alors je continue à jouer à la gentille petite Marie, celle qu'ils ont toujours connue. Et je fais semblant de rire, et je fais semblant d'être bien, et je fais semblant d'être en forme, de bonne humeur. Seulement trop c'est trop. Je craque. Ça suinte et ça déborde de partout. Je n'ai plus que des ruines dans mon cœur. Et j'ai peur. Car Vincent me manque. Je pense à lui jour et nuit. Où que j'aille, à Berck ou à la Guadeloupe, où Patricia nous a recueillis, Laurent et moi, après les obsèques, c'est pareil. Partout il me suit. Partout je lui parle. Partout il est à la fois trop présent et trop absent.

Tout me pèse, tout m'ennuie, tout me révolte, tout m'indiffère. Mon Dieu, à cet instant, comme je comprends ceux qui ont envie de mourir, que cela cesse, que ça s'arrête enfin. Mais je ne veux pas sombrer. Je ne veux pas que des médecins disent qu'il faut m'enfermer, me mettre sous contrôle, parce que je suis devenue folle. Car si l'on me considère comme folle, mon geste n'aura plus aucun impact. Et la suite des événements va prouver combien j'ai raison de me méfier de ce diagnostic. Si je pouvais ne plus penser, si je pouvais dormir, si je pouvais ne plus me poser ces mille questions qui reviennent sans cesse dans ma tête, j'aurais enfin la paix, comme Vincent. Ah, si quelqu'un pouvait se pencher, au bord du chemin, sur cette petite fleur sans lumière et sans eau que je suis devenue ! Mais personne ne peut comprendre. Personne ne peut entendre. Personne n'a le temps. Tout le monde passe sans jamais s'arrêter, sans jamais regarder, sans jamais se pencher. Je suis devenue inutile à qui que ce soit. Chacun pour soi, chacun ses problèmes. Vincent m'aidait à vivre, tant qu'il était là. Maintenant je suis seule. Je sais, ce que je dis est égoïste et injuste. J'ai deux autres fils. Mais j'ai trop étouffé mes pleurs, trop retenu mes larmes, trop caché ma tristesse. Je me suis crue trop forte et des forces je n'en ai plus. Je ne suis plus qu'une maman orpheline.

J'avais un fils. Je l'aimais. Et je l'ai aimé au point de...

Non, je ne l'ai pas tué, comme on dit. Je l'ai soulagé. Je ne cherche pas à me justifier, je l'ai juste aidé à rejoindre un autre monde où il ne souffre plus. D'ailleurs je l'ai annoncé, et on m'a laissée faire. C'est son accident qui l'a tué, pas moi. Et je n'admets pas qu'il soit mort pour autant.

Je voudrais sentir encore son petit pouce me faire savoir tout ce qui lui passait par la tête. Je voudrais encore le voir sourire, et puis rire de ses bonnes blagues avec moi. Je voudrais encore le bercer, lui parler, et m'endormir tout contre lui, et me réveiller en même temps que lui. Mais je n'ai plus pour compagnie que le silence, l'absence, la solitude, et je ne peux plus le supporter, je ne peux plus *les* supporter. Moi, qui peut me soulager ? Quel est mon avenir ? À quoi et à qui puis-je servir encore ? Sinon, pourquoi continuer ?

Tout le monde me connaît, me reconnaît, sait qui je suis, sauf moi. Moi je ne me reconnais plus. Je n'existe plus. Je ne mérite même plus d'exister. Je me suis arraché plus qu'un bras ou une jambe. Je me suis arraché le cœur. Quelqu'un d'autre que moi, qui me ressemble, a pris ma place. Moi je ne suis plus. Tout ce que j'étais, tout ce qu'il y avait de meilleur en moi je l'ai donné à Vincent, et tout cela est parti avec lui. Je ne suis plus qu'une apparence dans un monde d'illusion entièrement peuplé de fantômes.

Non, ce n'est pas vrai, bien sûr. Les mots dépassent mes pensées, et mes pensées vont trop vite. Tout a basculé et se bouscule en moi, alors j'exagère. Et puis surtout je ne regrette rien. Je dois juste décompresser. Me reconstruire. Sortir du tunnel. Ne plus voir tout en noir. J'ai touché le fond, et il paraît que c'est normal, humain, logique après tout ce que je viens d'affronter.

*
**

J'ai donc accepté l'invitation de Patricia à la Guadeloupe. Je n'ai pas fui la justice, ni mon pays.

On sait où me trouver et la Guadeloupe est un département français, que je sache. En revanche j'ai tendance à fuir les médecins, que j'ai trop fréquentés ces trois dernières années. Pourtant, maintenant, c'est moi qui ai besoin d'eux. Et ils vont avoir du travail.

Après avoir évacué le trop-plein d'émotions qui m'engorge, je vais devoir réapprendre à vivre par moi-même et pour moi-même. C'est idiot, mais je ne sais plus le faire. Et pour que je puisse y parvenir, il me faut d'abord du calme et du repos. Toutes choses que m'offre ma sœur Patricia, laquelle me chouchoute avec autant d'amour que de patience.

Je ne sors que très peu de sa maison, un vrai cocon où je suis à l'abri. Je n'ai ni le goût ni l'envie de voir des gens. Il me suffit de parler avec Pat et avec mon fils Laurent qui, lui, s'est carrément installé aux Antilles. Et qui ne va pas bien. Le pauvre a beaucoup souffert, lui aussi. La distance d'avec la métropole ne l'a pas empêché d'en prendre plein la figure. Un temps, il est presque parti à la dérive. Alors je m'occupe de lui sérieusement.

Dorénavant c'est Guillaume qui est loin et qui doit se retrouver un peu seul. Sauf qu'il n'est pas livré à lui-même. Il a sa femme, ses enfants, son boulot et ses copains. Et puis je ne suis pas partie pour toujours. Mon séjour va peut-être se prolonger quelques semaines au-delà de Noël, mais pas beaucoup plus.

Car si la justice poursuit son train, qui n'est pas rapide, je vais bel et bien devoir un jour répondre de mes actes. Peut-être même attend-on sciemment que la pression médiatique s'affaiblisse pour me convoquer.

Qu'on fasse ce qu'on veut, je suis prête. Je ne me sens pas coupable. C'est la loi qui est mal faite et qui doit être mise en accusation, pour que nous puissions mieux la changer. Pas pour moi, pas pour Vincent non plus, c'est trop tard : pour tous les autres Vincent et pour toutes les autres mamans qui souffrent et qu'on n'entend pas. Alors que l'on me condamne si l'on veut, pourvu qu'un tel procès m'offre l'occasion de démontrer combien le droit français est hypocrite, inadapté et dépassé.

*
**

C'est étrange, presque contradictoire, mais l'idée de ce procès me permet de me ressaisir. Il me paraît absolument nécessaire pour faire avancer les choses, tant il est vrai que nos élus se hâtent lentement après avoir fait assaut de commentaires vertueux et de propositions constructives sous les feux des médias. Il semble tout à coup qu'il soit devenu urgent d'attendre !

Si les hommes politiques ont la mémoire courte, je vais me rappeler à leur bon souvenir.

Les centaines de lettres que la Poste me renvoie, et que je reçois, me confirment d'ailleurs que du côté de l'opinion publique, pourtant réputée versatile, on attend que le gouvernement et le législateur se saisissent du problème pour y apporter une solution digne de ce nom. Un peu partout, dans la métropole, des citoyens, des professionnels de la santé et des jeunes de bonne volonté militent et se mobilisent pour cela. Des associations organisent des débats publics ou sollicitent mon témoignage.

Ainsi je me rouvre peu à peu au monde et je sors peu à peu de ma déprime. Je reste fragile, je m'en rends bien compte, mais pour faire honneur à la mémoire de Vincent je sens que je dois absolument prendre ma part de ce combat.

16
Le combat

À la mi-février 2004, ma décision est prise : je rentre en métropole pour de bon. Pas comme en janvier, où je me suis imposé d'accomplir un aller-retour parce que le juge voulait m'entendre. D'ailleurs, même si je désirais faire traîner les choses, cela ne me serait plus possible. Je dois me soumettre aux expertises psychiatriques qui ont été ordonnées pour évaluer mon degré de santé mentale et de responsabilité.

J'ai bel et bien été tentée de repousser l'échéance, car je rechignais à regagner ma petite HLM berckoise après avoir goûté au soleil des Antilles, mais mon avocat me l'a fortement déconseillé. Fini le temps de la récupération, est venu celui de me retrousser les manches pour affronter mon passé, encore si brûlant, et aussi mon avenir, tellement incertain.

Et puis, cette fois, je ne serai pas seule. Laurent tire un trait sur la Guadeloupe pour m'accompagner. Il a récupéré sa voiture, ce qui nous rendra de fiers services, et je le garderai à mes côtés pendant quelques semaines, jusqu'à ce qu'il se soit réacclimaté. Ainsi pourrons-nous veiller l'un sur l'autre.

Enfin, on sollicite ma participation à plusieurs émissions de télévision. Je vais en profiter pour plaider ma cause et celle de Vincent. Oh, certes, je me donne du courage comme je peux. Cela tient un peu de la méthode Coué, seulement je n'ai plus le choix.

*
**

Mes retrouvailles avec Berck ne sont pas des plus faciles. La ville et ses habitants ne sont évidemment pas en cause : ce que j'y ai vécu pendant trois ans me saute tout simplement à la figure. Je me surprends parfois, comme aimantée, à me diriger vers le centre héliomarin, pourtant situé à l'autre bout de la grande plage. La force des habitudes, et un manque que je ne suis pas près de combler...

Heureusement, les Berckois se montrent merveilleux envers moi. Leurs sourires, leurs petites attentions et les mots simples qu'ils me disent, quand ils osent m'aborder, me vont droit au cœur. Tous, jusqu'aux plus parfaits anonymes, me font part de leur compréhension, de leur solidarité, de leur amitié même. Je me sens en sécurité parmi eux.

En revanche, l'expertise psychiatrique qui m'est imposée, j'avais raison de la redouter. La femme chargée d'y procéder se conduit comme un cerbère. Elle me fait commenter des gravures représentant les massacres de la Saint-Barthélemy. Et pourquoi pas des vues prises dans des camps de concentration, tant qu'elle y est ? Le piège qu'elle me tend, je ne le devine que trop bien, mais je ne dois surtout pas m'énerver et tomber dedans. Ce piège consiste tout simplement à me cataloguer comme « folle », pas en possession de tous mes moyens. Un constat qui apaiserait bien des consciences, permettant du même coup de ne me condamner que légèrement – personne, finalement, ne semble me considérer comme une criminelle –, et de surseoir au débat sur l'euthanasie dont mon geste a montré l'urgence... sauf si l'on prouve qu'il provient d'une personne aliénée.

Zen, il me faut rester zen...

— Alors là, que voyez-vous, madame Humbert ?

— La nuit de la Saint-Barthélemy.

— Mais encore ?

— L'intolérance et le fanatisme religieux qui se déchaînent.

— Regardez les détails. Là, par exemple... Qu'est-ce que cela vous inspire ? À quoi pensez-vous ?

Du doigt, elle me montre un homme en train de plonger sa dague dans le torse d'un enfant. Je serre les dents, ayant le plus grand mal à contenir la colère qui monte en moi.

— Que voulez-vous que je vous dise, docteur ? Cet homme tue un enfant qui n'est pas le sien. Et la mère de ce petit n'y est pour rien.

— Bon, alors passons à autre chose...

Et ainsi de suite pendant des heures qui me semblent des siècles. Lorsque je sors de là, je me sens salie, méprisée, humiliée. Et dans une rage folle : si je m'étais écoutée, je lui aurais volontiers tapé dessus.

*
**

Par chance, en contrepartie, je vais faire une rencontre très précieuse pour moi. Une petite association de Boulogne-sur-Mer m'avait écrit en janvier pour m'informer qu'elle comptait organiser des débats sur le thème de la fin de vie. Le premier d'entre eux devait avoir lieu le 6 février, en présence de ce Dr Chaussoy qui avait tenté de réanimer Vincent avant de se résoudre à lui administrer l'injection finale.

À l'égard de ce médecin, même s'il se trouve comme moi mis en examen, j'éprouve des sentiments contradictoires. D'un côté, de mon point de vue, il s'est inutilement acharné sur mon fils dans un premier temps, et je lui en veux pour ça. De l'autre côté, au bout de trente-six heures, il a pris une décision courageuse dont je lui suis reconnaissante mais qui risque de lui coûter fort cher, ce qui me paraît inique.

Je ne l'ai croisé qu'une seule fois, le jour où, à peine sortie de garde à vue, j'ai été autorisée à entrevoir Vincent. Je l'ai supplié, lui comme ses collègues, de laisser mon fils tranquille. Il paraît qu'il a éprouvé un sentiment de honte en ma présence, prenant tout à coup conscience de l'absurdité de sa démarche. Des journaux l'ont rapporté.

Quoi qu'il en soit, au début du mois de février je ne pouvais pas participer au débat. J'étais à la Guadeloupe. Je n'ai donc pas répondu à l'invitation de l'association boulonnaise joliment nommée « Faut qu'on s'active ! », mais j'ai conservé sa lettre sous le coude, l'enthousiasme et la générosité dans l'engagement de ses membres – des lycéens et des étudiants pour la plupart – m'ayant émue. Aussi, quand je suis revenue en France, leur ai-je passé un coup de fil. Ils se sont aussitôt proposé de venir me rencontrer à Berck afin que l'on déjeune ensemble pour faire plus ample connaissance, ce que j'ai accepté sans hésiter.

Le jour prévu, à l'heure dite, ils sont là. Vincent Léna, président de Faut qu'on s'active !, fait les présentations. Deuxième adjoint au maire de Boulogne, il est aussi conseiller référendaire à la Cour des comptes et secrétaire national du parti socialiste chargé de la solidarité urbaine. L'accompagnent le vice-président Teddy Lauby, le trésorier Philippe Blet, la secrétaire générale Brigitte Bourguignon, également maire-adjointe, le coordinateur Olivier Huygue et quatre jeunes filles, Cécile, Élise, Marie et Nathalie.

Ils sont avenants, sympathiques, chaleureux. Tous n'ont pas encore atteint l'âge de voter – ce qui ne saurait tarder –, mais ils s'impliquent déjà comme des citoyens à part entière. Les premiers d'entre eux ont éprouvé le besoin de se mobiliser en 2002, d'une façon informelle, pour faire barrage à Jean-Marie Le Pen lors du second tour de l'élection présidentielle. Ensuite, avec d'autres, ils ont prêté main-forte au Téléthon. Ils se sont également engagés en faveur des sans-papiers de Sangatte, menacés d'abandon après la fermeture annoncée de leur centre de rétention, en leur fournissant des produits de première nécessité.

Ils ne font pas de politique au sens partisan du terme, chacun a ses opinions, ils ne sont pas là non plus pour brasser de grandes et belles idées : ils veulent agir sur le terrain, contribuer à faire bouger les choses.

En novembre 2003, ils se sont officiellement constitués en association. Et la conférence inaugurale à laquelle ils m'ont conviée à participer, le 6 février 2004, a connu un tel retentissement que la petite salle qu'ils avaient réservée à Boulogne n'a pas pu accueillir les trois cents personnes qui voulaient y assister. Le 13 février, à Calais cette fois, ils ont réuni quatre cents personnes. À ces deux occasions, c'est le Dr Frédéric Chaussoy qui a animé les débats. Et d'après ce qu'on m'explique, malgré le réflexe professionnel qui a été le sien au départ, il a bel et bien épousé la cause de Vincent et la mienne.

Maintenant, ils me pressent de questions. Je me confie volontiers. L'atmosphère est détendue. Mieux : amicale. Le courant passe bien entre nous. Nous sommes sur la même longueur d'onde. Leur ambition ? Organiser de nouvelles conférences, avec ma participation. Je dis oui. Et lancer une pétition de soutien, afin que ni moi ni Chaussoy ne finissions en prison. Ne serait-elle que de principe, cette pétition, que je l'applaudirais des deux mains.

Une belle aventure commence, qui n'est pas terminée à ce jour.

*
**

Arrive ce qui devait arriver, et qui d'une certaine façon n'a déjà que trop tardé. Le 25 février, pour France 3, je croise Frédéric Chaussoy sur le plateau de l'émission « Vie privée, vie publique », de Mireille Dumas. L'homme est droit, sincère et sensible. En coulisse, il veut bien s'expliquer avec moi. Lorsqu'il a été requis en tant que médecin de garde, le 24 septembre 2003, il s'est trouvé dans l'obligation d'accomplir les gestes quasi réflexes, très codifiés, qu'on attendait de lui. L'intubation et la ventilation artificielle s'imposaient en pareille situation, il ne pouvait en aller autrement. Sa formation, son serment, l'éthique même de son service de réanimation le lui commandaient.

Après coup, il a lu le dossier et beaucoup réfléchi. Sachant la volonté proclamée de Vincent, qui ne s'était jamais démentie, dès le lendemain matin il s'est concerté avec ses confrères. Tous sont tombés d'accord pour ne pas faire plus, c'est-à-dire s'acharner.

Et puis il m'a vue. Il s'est senti lâche, honteux, mis en demeure de faire preuve de plus d'humanité. Les circonstances étaient exceptionnelles, le contexte particulier, le cas limite. Et à partir de là, en effet, il a mesuré toute l'étendue de ses responsabilités, révisé ses conceptions et reconsidéré les choses sous un autre angle.

C'est ainsi que, le 26 septembre, il a de nouveau requis ses confrères. Et que l'arrêt des thérapeutiques actives a été décidé à l'unanimité, l'état clinique de Vincent n'ayant pas évolué.

Mais contre toute attente, bien que débranché, celui-ci a continué de respirer. Dans de telles conditions, l'agonie de mon fils aurait pu se prolonger. Peut-être même aurait-il pu sortir de son coma, et le supplice aurait recommencé. Pour éviter cela, Frédéric Chaussoy a pratiqué une injection de Nesdonal, un puissant barbiturique. Enfin, il a fait préparer une seringue contenant trois grammes de chlorure de potassium. Une dose mortelle. La suite, tout le monde la connaît...

Vincent n'a pas souffert un instant. Ni avant, ni pendant. C'est évidemment le principal à mes yeux.

Cette conversation, outre qu'elle répond à des questions qui me taraudent depuis des mois, me vaut de nouer une nouvelle amitié. Je dirais même plus : désormais, le Dr Chaussoy incarne pour moi le frère que je n'ai jamais eu.

*
**

Je continue de recevoir quantité de courriers. Beaucoup de médecins et d'infirmières me font part de leur soutien et de la difficulté qu'ils ont à exercer leur métier dans ces conditions extrêmes. Avec les intolérables souffrances auxquelles ils sont confrontés et que rien ne peut soulager, m'expliquent-ils, ils se débrouillent comme ils peuvent, en cachette, avec les moyens du bord. Nombre d'entre eux en sont réduits à tricher avec la loi pour mettre fin aux situations intenables. Tous disent espérer que mon combat aboutira à faire évoluer le droit, de telle manière qu'ils puissent agir au grand jour, dans un cadre précisément défini, avec bien sûr toutes les limites requises.

Plus touchant encore, des centaines d'adolescents m'écrivent que j'ai bien fait d'aider mon fils, qu'ils s'identifient à lui et me considèrent comme une maman exemplaire... au point, parfois, de s'être réconciliés avec leur propre mère grâce à moi.

Souvent, leurs lettres sont accompagnées de petits poèmes de leur cru – plus ou moins maladroits mais toujours émouvants – ou de textes recopiés et illustrés avec soin. Tel celui-ci, du chanoine irlandais Henry Scott Holland, qui me mouille les yeux chaque fois que je le relis tant il correspond à l'état d'esprit qui était celui de Vincent...

La mort n'est rien, elle ne compte pas.
Je ne suis pas loin,
Je suis seulement passé dans la pièce à côté.
Je suis moi, tu es toi.
Rien n'a changé.
Ce que nous étions l'un pour l'autre,
Nous le sommes toujours.
Donne-moi le nom que tu m'as toujours donné,
Parle-moi comme tu l'as toujours fait,
N'emploie pas un ton différent,
Ne prends pas un ton solennel ou triste.

Continue de rire de ce qui nous faisait rire ensemble.
Prie, souris, pense à moi, prie pour moi.
Que mon nom soit prononcé à la maison
Comme il l'a toujours été,
Sans emphase d'aucune sorte, sans une trace d'ombre.
La vie signifie ce qu'elle a toujours signifié.
Elle est ce qu'elle a toujours été.
Le fil n'est pas coupé.
Pourquoi serais-je hors de ta pensée
Parce que je suis hors de ta vue ?
Je t'attends.
Je ne suis pas loin, juste de l'autre côté du chemin.
Tu vois, tout est bien.

D'autres composent des chansons, tels Véronique Soufflet et Jean-Luc Kandyoti qui enregistrent un magnifique CD intitulé *Vincent, Marie, Jacques et les autres...*

Bien sûr, je reçois aussi des demandes de conseils. Mais je ne suis pas là pour indiquer ce qu'il faut faire ou ne pas faire. Même à une amie très chère, je ne me permettrais pas de suggérer quoi que ce soit. Alors je me contente de répéter les propos de sœur Annonciade, à savoir que c'est dans le secret de son cœur que l'on doit trouver la solution qui convient.

Bien que résolument opposée au suicide assisté et à l'euthanasie en général, la presse catholique ne me jette pas la pierre.

Du côté de l'Église, justement, des prêtres et même quelques évêques tiennent à me manifester leur compréhension et leur compassion. L'un d'entre eux va même employer ces mots plus que charitables : « Personne sur cette Terre ne pourra vous juger, madame Humbert. Ce que vous avez fait, vous l'avez fait par amour, et l'amour c'est Dieu qui le donne. »

Je suis d'autant plus sensible à cette compassion que je sais, en tant que croyante, combien il est difficile de se sentir en paix avec sa conscience en ce qui concerne l'euthanasie. Les religions chrétiennes interdisent le suicide parce que Dieu seul, qui donne la vie, peut la reprendre. Certains extrémistes vont même, dans divers mouvements, jusqu'à estimer qu'on n'a pas à se soigner – ou presque – en vertu du respect de la volonté divine ! On peut aller très loin avec ce genre de raisonnement. Mais sérieusement, que savons-nous, nous pauvres êtres humains, de ce que Dieu pense ? Les dogmes ont été établis par les hommes.

Moi je me contente de croire à Sa miséricorde, et à Son amour.

Quoi qu'il en soit, très rares sont les remontrances, et plus encore les anathèmes du genre « Vous irez griller en enfer pour ce que vous avez fait ». Seule une prétendue psychologue, qui se reconnaîtra, a osé laisser entendre quelque part que je n'avais pas assez aimé mon fils, ajoutant que les soins palliatifs pouvaient suffire à le soulager. Ce n'est évidemment pas vrai. Même la morphine n'agit pas toujours. Et puis c'est oublier un peu vite que lesdits soins palliatifs ne sont délivrés qu'aux patients en fin de vie (Vincent n'était pas dans ce cas), et qu'en France fort peu d'établissements et de services sont équipés pour cela. Certaines grandes villes ne possèdent que quatre ou cinq lits adéquats !

Curieusement, je constate que parmi les lettres qui me sont adressées, plus de neuf sur dix sont signées par des femmes. Sont-elles plus sensibles, s'expriment-elles plus facilement, ou se sentent-elles plus concernées que les hommes parce qu'elles donnent la vie ? J'incline à le croire, mais je m'en voudrais de tirer des conclusions hâtives à ce sujet.

Peut-être, tout simplement, cela est-il dû au fait que moi-même je suis une femme ?

*
**

Le 2 mai 2004 au soir, à Arras, je participe pour la première fois à un débat public. Cette conférence réunit les Drs Chaussoy, Biencourt (président du Conseil de l'ordre des médecins du Pas-de-Calais), Lossignol et Damas, tous deux à l'origine de la loi d'exception d'euthanasie qui a été adoptée en Belgique. Près de six cents personnes vont y assister, dont le député français Serge Janquin et l'eurodéputé Henri Weber.

Avec l'aide des membres de Faut qu'on s'active !, nous réalisons à cette occasion un « mur de paroles ». Sous une banderole proclamant « Nous sommes tous des cas exceptionnels », se trouvent affichées plusieurs dizaines de lettres parmi les plus touchantes qui m'ont été adressées. En les parcourant, chacun peut se convaincre que ces exceptions sont si nombreuses qu'elles infirment bel et bien la règle en vigueur. Et la presse va trouver là de quoi nourrir la réflexion de ses lecteurs.

En juin, deux autocars affrétés par l'association conduisent à l'Assemblée nationale des jeunes gens venus déposer les quelque dix-huit mille signatures qu'ils ont recueillies afin que moi-même et le Dr Chaussoy ne soyons pas condamnés. Ils sont reçus dans une salle retenue par M. Claude Bartolone.

Le 24 septembre, jour anniversaire du départ de mon fils, les choses s'accélèrent. Avec l'appui de praticiens et de juristes, une proposition de loi dite « loi Vincent Humbert » est élaborée[1]. Il ne s'agit pas de légaliser le suicide assisté, mais plus modérément de prôner l'exception d'euthanasie à la manière de la législation belge, celle qui paraît le mieux répondre à nos attentes et à notre tradition juridique, parce qu'en Belgique comme en France tout découle du Code Napoléon. Là-bas, des gens m'ont dit qu'ils n'avaient plus peur de mourir depuis que cette loi a été adoptée, puisqu'ils sont sûrs de ne pas avoir à souffrir inutilement...

Une nouvelle pétition est aussitôt lancée en faveur de cette proposition. Pour la présenter et la soutenir, j'entame une tournée de conférences qui va me conduire dans toute la France. Villeurbanne, Lyon, Saint-Étienne, Berre-l'Étang, Marseille, Paris, Étaples, Rouen, Gap, Aniche, Boulogne-sur-Mer, Reims, Lille, Bordeaux, dans chaque ville visitée j'ai droit au même accueil, à la fois grave et chaleureux. Ailleurs, des rassemblements et des manifestations diverses (chaînes de motards, concerts, etc.) ont lieu. Résultat : en tout juste deux mois, le 24 novembre, cent trente mille Françaises et Français ont déjà approuvé notre texte par écrit. Nous pouvons vraiment parler d'initiative citoyenne !

Ce jour-là, nous avons rendez-vous dans la grande salle de l'Hôtel de Ville que M. Bertrand

1. Le texte complet en est reproduit en Annexes, p. 181.

Delanoë, maire de Paris, a mise à notre disposition. Les quatre-vingt-trois mètres de longueur de l'endroit ne suffiront pas à faire entrer plus de mille trois cents personnes : sécurité oblige, une foule de gens est refoulée.

Les cent trente mille signatures sont déposées devant l'assistance, où l'on remarque des visages connus. Entre autres ceux de Sheila, Suzanne Flon, Guy Bedos, François de Closets, Benoîte Groult, Jean-Luc Romero, André Santini et Jack Lang. J'en oublie sûrement, qu'ils me le pardonnent.

Dans les médias, le lendemain, le retentissement est énorme. Tant mieux, car il y a urgence. En effet, une mission parlementaire doit aujourd'hui lancer des auditions en vue d'aménager la législation en vigueur. Le ministre de la Santé, M. Philippe Douste-Blazy, a d'ailleurs demandé à me rencontrer personnellement. Et en toute discrétion, paraît-il. Sauf que, à l'heure dite, toute la presse attend mon arrivée et celle du ministre. Surtout les photographes et les caméras. Quelle discrétion !

Bien sûr, nul ne saura jamais qui a été à l'origine de la fuite.

Au moins ai-je obtenu, à cette occasion, la promesse d'être tenue informée au fur et à mesure de l'avancée des travaux de la mission parlementaire dirigée par M. Jean Leonetti, assisté de M. Gaëtan Gorce et de Mme Nadine Morano. Car pour le reste tout le monde sera soigneusement entendu... sauf le Dr Chaussoy et moi-même.

*
**

Avec Faut qu'on s'active ! nous nous fixons un nouvel objectif : celui de franchir le cap des deux cent mille signatures. Pour cela, je reprends mon marathon. Partout la même motivation. Partout on m'aborde, on me parle, on me presse de questions. Partout je fais des rencontres émouvantes ou poignantes.

Des mamans me disent :

— Ah madame, si seulement mon enfant pouvait communiquer ! S'il me le demandait, je ferais comme vous, mais je ne sais pas ce qu'il pense ni ce qu'il veut...

Moi-même, qu'aurais-je fait si Vincent était resté silencieux ?

À Rouen, un jeune handicapé circulant en fauteuil électrique se précipite vers moi.

— Tu ne me reconnais pas ? me lance-t-il.

J'hésite un court instant, puis je n'en reviens pas. Ce garçon, je l'ai connu au centre héliomarin de Berck !

— Mais qu'est-ce que tu fais là ?

— Eh bien je voulais te voir et t'entendre. Alors je me suis sauvé de l'établissement où j'ai été placé, de l'autre côté de la Seine...

Il avait même traversé le grand pont reliant les deux rives avec son fauteuil roulant. Il va sans dire que nous l'avons raccompagné chez lui, une fois la conférence terminée.

17
Une bataille perdue, mais pas la guerre

En avril 2005, la mission parlementaire conduite par Jean Leonetti débouche sur le dépôt d'un projet de loi « relative aux droits des malades et à la fin de vie ». Comment résumer ce texte aussi complexe que technique, dont la plupart des articles se contentent d'aménager ou de modifier d'autres dispositions légales ?

Premièrement, pas question d'introduire dans notre Code pénal « l'exception d'euthanasie » réclamée par nous. Toute aide à mourir demeure proscrite et susceptible de conduire devant une cour d'assises le parent ou le médecin qui s'en rend coupable. Même à la demande du patient, dans des circonstances exceptionnelles, lorsque les souffrances sont intolérables et qu'il n'y a plus le moindre espoir de rémission ! Ainsi le Dr Chaussoy et moi avons-nous commis un crime.

Deuxièmement, tout en disant refuser l'acharnement thérapeutique et la « prolongation artificielle de la vie », on évite soigneusement de définir ces notions, ce qui laisse la porte ouverte à toutes les interprétations possibles.

Troisièmement : « Si la volonté de la personne de refuser ou d'interrompre tout traitement met sa vie en danger, le médecin doit tout mettre en œuvre pour la convaincre d'accepter les soins indispensables ». Jusqu'à quel point ? Et l'alimentation ou la ventilation artificielles sont-elles des traitements, par exemple ? Pas de réponse.

Quatrièmement : « Lorsque la personne est hors d'état d'exprimer sa volonté, aucune intervention ou investigation ne peut être réalisée, sauf urgence ou impossibilité, sans que la personne de confiance prévue à l'article L. 1111-6, ou la famille, ou à défaut, un de ses proches ait été consulté [*sic*]. » Seulement voilà : « Lorsque la personne est hors d'état d'exprimer sa volonté, la limitation ou l'arrêt de traitement susceptible de mettre sa vie en danger ne peut être réalisé sans avoir respecté la procédure collégiale définie par le code de déontologie médicale et sans que la personne de confiance prévue à l'article L. 1111-6 ou la famille ou, à défaut, un de ses proches et, le cas échéant, les directives anticipées de la personne, aient été consultés. » Il y a pour le moins nuance, et comprenne qui pourra.

Cinquièmement : « Lorsqu'une personne, en phase avancée ou terminale d'une affection grave et incurable, quelle qu'en soit la cause, décide de limiter ou d'arrêter tout traitement, le médecin respecte sa volonté après l'avoir informée des conséquences de son choix. » Encore faut-il qu'elle soit consciente et capable de s'exprimer, d'une part, et en fin de vie d'autre part. Or, justement, Vincent n'était pas en fin de vie.

Sixièmement : « Toute personne majeure peut rédiger des directives anticipées pour le cas où elle serait un jour hors d'état d'exprimer sa volonté. Ces directives anticipées indiquent les souhaits de la personne relatifs à sa fin de vie concernant les conditions de la limitation ou l'arrêt de traitement. Elles sont révocables à tout moment. »

Septièmement : « Lorsqu'une personne, en phase avancée ou terminale d'une affection grave et incurable, quelle qu'en soit la cause et hors d'état d'exprimer sa volonté, a désigné une personne de confiance en application de l'article L. 1111-6, l'avis de cette dernière, sauf urgence ou impossibilité, prévaut sur tout autre avis non médical, à l'exclusion des directives anticipées, dans les décisions d'investigation, d'intervention ou de traitement prises par le médecin. » Fermez le ban.

En gros, pour traduire ces textes alambiqués en langage simple, on peut affirmer que cette loi ne vise qu'une chose : à permettre, dans certains cas très limités, l'interruption des traitements actifs. Autrement dit on débranche, on arrête les soins, on coupe la nourriture et la boisson, *et on laisse mourir*. Ni ceux qui se trouvent dans la situation de Vincent, ni leurs parents, ni les personnels qui les soignent ne sont plus avancés qu'auparavant.

Croyant m'amadouer – et donc me circonvenir –, on m'a proposé de donner à cette loi le nom de mon fils. Comme je m'y suis catégoriquement opposée, elle prendra celui de son rapporteur, Jean Leonetti.

Bien que révoltée par tant de poudre aux yeux et de faux semblants, je décide d'assister au débat qui accompagne la première lecture de ce projet à l'Assemblée nationale. Le spectacle est édifiant. Rares sont les députés présents dans l'Hémicycle. Chacun des orateurs va prendre soin de me rendre hommage, et même de faire allusion à notre propre proposition de loi, mais aucun n'aura le courage d'aller plus loin.

Du coup le texte est adopté en l'état, et à l'unanimité.

Mais tout n'est pas perdu, du moins pour l'heure. Car la loi, avant d'être définitivement adoptée, doit être examinée par la chambre haute.

Là, des sénateurs nous auditionnent enfin et envisagent de présenter des amendements allant dans le sens de ce que nous réclamons. Ainsi, au mois de juin 2005, nous assistons à la séance de nuit au cours de laquelle la discussion est programmée.

En vain, car cette fois encore nos espoirs sont amèrement déçus. Aucun amendement n'est voté, M. Douste-Blazy veillant au grain. « Tant que je serai ministre, a-t-il déclaré, il n'y aura pas de loi sur l'euthanasie. » Résultat, à deux heures du matin, la cause est définitivement entendue.

Le projet n'aura même pas besoin d'une deuxième lecture à l'Assemblée nationale, puisqu'il est resté vierge de toute modification. Nous sommes tous déçus, ainsi que les parlementaires qui ont signé notre loi « Vincent Humbert » et qui nous ont aidés. Qu'ils en soient remerciés.

*
**

Aux Pays-Bas, la pratique de l'euthanasie, déjà tolérée depuis 1997, a été légalisée en 2001. Le médecin ne risque plus de poursuites judiciaires, pourvu qu'il se conforme à un certain nombre de principes dits de minutie, au nombre de six. À savoir que ledit médecin :

« a) a acquis la conviction que le patient a formulé sa demande librement, de façon mûrement réfléchie et constante ;

» b) a acquis la conviction que les souffrances du patient étaient sans perspectives d'amélioration et insupportables ;

» c) a informé le patient de sa situation et de ses perspectives ;

» d) est parvenu, en concertation avec le patient et compte tenu de la situation de ce dernier, à la conviction qu'aucune autre solution n'était envisageable ;

» e) a consulté au moins un autre médecin indépendant qui a examiné le patient et s'est fait une opinion quant aux critères de minutie visés aux alinéas a) à d) ;

» f) a pratiqué l'interruption de la vie avec toute la rigueur médicalement requise. »

Les cas des mineurs (d'au moins seize ans) et les demandes anticipées sont évidemment pris en compte.

La Belgique n'a pas tardé à suivre cet exemple. Mais l'euthanasie n'y est que partiellement autorisée, et dans un cadre strict. Le patient qui peut y avoir recours doit :

– être « capable et conscient » ;

– formuler sa demande de façon « volontaire, réfléchie et répétée », et être libre de toute contrainte ;

– se trouver « dans une situation médicale sans issue et [*faire*] état d'une souffrance physique ou psychique constante et insupportable qui ne peut être apaisée et qui résulte d'une affection accidentelle ou pathologique grave et incurable ».

En Suisse, on a choisi une voie différente. Là-bas, on n'a pas peur des mots. Il est question d'assistance au suicide, mais d'assistance « passive ». Un médecin peut fournir une dose mortelle à une personne qui le demande, dans le cas où elle est condamnée par la science, sans pour autant l'administrer lui-même.

– Si le malade a donné son consentement éclairé, l'Académie suisse des sciences médicales (ASSM) confère au patient en fin de vie le droit de refuser un traitement médical, mais laisse le pouvoir de décision au médecin.

– Si le malade a exprimé clairement son opinion par avance, les directives de l'ASSM reconnaissent la validité des directives anticipées, en particulier lorsqu'elles sont récentes et formulées clairement, et qu'aucun indice ne laisse supposer que le patient a changé d'avis.

– Si le malade n'a pas exprimé son opinion, des directives prévoient la possibilité pour tout patient en fin de vie ou ayant une maladie extrême de longue durée de désigner un « représentant thérapeutique » qui exerce les droits du patient.

En Espagne, l'euthanasie et le suicide assistés ne sont plus considérés comme des homicides, à la condition que le malade persiste dans sa décision d'en finir, qu'il souffre et soit réputé incurable.

Et tandis que tant d'autres pays s'apprêtent à franchir le pas, en Europe ou ailleurs, en France on continue de se voiler la face avec un entêtement absurde.

En France, pour des raisons obscures, on préfère la politique de l'autruche ou de la triche plutôt que d'affronter les réalités.

Comme si les gens étaient tous supposés immatures, incapables de décider par eux-mêmes de leur devenir.

Comme si toute souffrance était rédemptrice et comme si les autorités ne faisaient pas confiance au corps médical.

Ou alors préfère-t-on s'en laver les mains, de telle manière que les sans-espoir aillent se faire voir ailleurs, hors de nos frontières, pour trouver une solution à leurs problèmes ?

Car je n'ai pas rêvé : la grande majorité des hommes et femmes politiques que j'ai rencontrés est sincère et honnête. Et la plupart m'ont dit qu'ils auraient agi comme moi. Quel que soit leur bord.

Alors quoi ? Pourquoi une telle hypocrisie ? Pourquoi les mentalités évoluent-elles bien plus vite que ceux qui nous gouvernent ? La discipline de parti impose-t-elle à nos élus de mettre leurs convictions dans leur poche ? Le Parlement ne serait-il qu'une machine à noyer le poisson ? Ou sinon, n'y a-t-il pas assez de femmes dans ses rangs ? Ou encore, certains groupes de pression seraient-ils si puissants que nul ne serait en mesure de contrecarrer leur influence ? Mais lesquels, au juste ? Même l'Église de France n'a pas ce pouvoir, sans négliger le fait qu'à sa base les positions sont beaucoup plus nuancées qu'à son sommet.

Or donc, le mouvement d'opinion qui s'est dessiné en faveur de Vincent et de moi-même ne pèserait d'aucun poids au regard de théories ultra-minoritaires et d'idéologies complètement dépassées ?

Dans le secret de leur cabinet, autrefois, les médecins savaient abréger les souffrances et les agonies inutiles. Entre confrères, on se respectait et on se protégeait mutuellement, là où désormais des ambitions sournoises se déchaînent parfois en lamentables délations, ne serait-ce que pour se couvrir.

Aujourd'hui, dans les hôpitaux, les professionnels de la santé doivent rendre compte de leurs actes. Ce n'est pas un mal en soi. Mais, pour autant, les « soignants » ne sont pas des robots réduits à appliquer sans réfléchir des directives, des procédures et des nomenclatures de soins normalisés. Eux sont en première ligne, et en eux résident tous nos espoirs quand le pire advient. Ces hommes et ces femmes ont un cœur, une âme et une conscience. Doués qu'ils sont de raison, d'expérience et d'intelligence, ne peut-on pas leur laisser un minimum de libre arbitre ? Quitte à exiger d'eux qu'ils prennent certaines décisions de façon collégiale, ne serait-ce que pour leur éviter de commettre des erreurs d'appréciation ?

Eh bien, il faut croire que non. Aucune loi ne peut être parfaite, je le sais, je l'admets, mais son esprit doit l'emporter sur sa lettre. La jurisprudence est prévue pour cela. Encore faut-il ne pas voter une loi à la va-vite, seulement pour donner l'impression d'être réactif et d'avoir accompli quelque chose sous son mandat.

Car à force de prendre des demi-mesures, et les citoyens pour des imbéciles, on ne fait que creuser un peu plus le fossé qui sépare le peuple de ses représentants, décourager les meilleures intentions, dérégler le système censé nous protéger et, au final, déstabiliser nos institutions.

*
**

Avec la loi Leonetti, rien n'est donc réglé. Loin de là. La preuve en est lorsque éclate l'affaire du Dr Laurence Tramois et de l'infirmière Chantal Chanel, en décembre 2005. Au nom de quoi sont-elles mises en cause ? Les faits remontent au 25 août 2003 et se déroulent à l'hôpital de Saint-Astier, en Dordogne.

Ce jour-là, l'une aurait ordonné à l'autre d'administrer une piqûre mortelle à Paulette Druais, une femme de soixante-cinq ans souffrant d'un cancer du pancréas en phase terminale. La pauvre femme n'avait plus que quelques jours à vivre et devait endurer d'atroces douleurs que la morphine ne parvenait pas à endiguer. Le médecin et l'infirmière n'ont même pas agi de leur propre chef, mais avec l'assentiment de la famille qui se dit d'ailleurs solidaire (la dénonciation de leur acte procède d'une collègue travaillant au sein de l'hôpital)...

Les voici donc accusées l'une d'empoisonnement, l'autre de complicité, risquant la cour d'assises et jusqu'à trente ans de réclusion criminelle.

Leurs comités de soutien ayant alerté Faut qu'on s'active !, notre responsable à Périgueux, René Eon, organise une réunion publique à Trelissac. Près de six cents personnes y participent et la presse révèle l'affaire au grand jour.

Quelque temps plus tard, le 2 janvier 2006, j'apprends que le ministère public, autrement dit le procureur de Boulogne-sur-Mer, a requis un non-lieu général dans mon dossier et dans celui du Dr Frédéric Chaussoy qui, par conséquent, échappe à une interdiction d'exercer (une ordonnance en ce sens sera prise par le juge le 27 février suivant).

J'en suis heureuse pour ce bon médecin, qui ne méritait vraiment pas d'être inquiété. Pourtant, en ce qui me concerne, je suis à la fois soulagée et révoltée.

Oui, révoltée. Un non-lieu signifie en quelque sorte qu'il ne s'est rien passé. Il faut croire que j'ai rêvé ce que j'ai fait, puis mon arrestation, ma fouille et ma mise en garde à vue. Mais alors pourquoi ai-je dû me soumettre par la suite à tant d'expertises psychiatriques, la première ayant été suivie de trois autres ?

En fait, ces expertises visaient un but analogue à celui du non-lieu. Si j'avais été jugée irresponsable, il n'y aurait pas « eu lieu » de se poser des questions sur le bien-fondé de mon acte. Là, il n'y a pas lieu de débattre à ce sujet. J'ai été reconnue responsable de mes actes mais je n'ai rien fait, ou presque.

Évidemment, je caricature à dessein. Mais à peine. Qu'a dit le procureur général ? Se fondant sur « l'aspect moral de l'infraction et non pas sur un élément matériel et légal », il a estimé que « les actes sont critiquables et violent la loi mais [*qu'*]ils ont été commis dans un contexte particulier et sous une contrainte qui doit les exonérer de poursuites ».

Une contrainte ? Quelle contrainte ? Celle de Vincent ? Ridicule. Celle des médias ? Allons, ne cherchons pas trop loin. En fait, on n'a surtout pas voulu me laisser revendiquer mon geste, et mettre ainsi la justice en porte-à-faux avec l'opinion et avec la loi. Car de deux choses l'une : ou l'on me condamnait comme une criminelle – ce que j'étais dans l'état actuel des textes – et l'on suscitait un tollé, ou l'on faisait preuve de clémence et l'on bafouait la loi. Je reconnais que le rôle des juges n'aurait pas été facile à tenir.

M. Jean-Luc Romero, vice-président de l'Association pour le droit de mourir dans la dignité, n'est pas dupe : « Si je me réjouis que la justice se soit enfin décidée à mettre Marie Humbert et Frédéric Chaussoy hors de cause, je déplore son hypocrisie en la matière. Un procès aux assises aurait en effet fourni l'occasion d'avoir enfin un grand débat sur la mort digne. Au lieu de cela, les politiques préfèrent enterrer une affaire qui touche énormément les Français. »

Le comédien et auteur Francis Beaucourt l'a si bien compris qu'il a écrit et mis en scène une pièce de théâtre intitulée *Qu'il repose en révolte ou le procès de Marie H.* Jouée pour la première fois à l'hôtel de ville de Paris le 23 septembre 2006, elle transforme mon procès interdit en procès de l'hypocrisie. Constituée de bénévoles, la troupe la joue depuis lors dans toute la France, à la demande.

Quoi qu'il en soit, après avoir refusé la loi « Vincent Humbert », on n'a pas voulu d'arrêt ou de jurisprudence « Marie Humbert ». Résultat des courses : quand quelqu'un à bout demandera à mourir, on pourra continuer de mettre en prison le docteur et la maman qui par humanité décideront de l'aider à partir. Eux, comme par hasard, n'auront pas agi dans un contexte particulier ou sous la contrainte... Et eux n'auront même pas droit à ces feux de l'actualité qui vous mettent à l'abri de l'arbitraire.

Ce ne serait pas d'ailleurs le premier cas où il y aurait deux poids et deux mesures.

En 1990, après avoir reconnu qu'il avait lui-même aidé un malade à mourir, le professeur Léon Schwartzenberg s'est trouvé suspendu un an par le Conseil de l'ordre de l'Essonne (une sanction qui sera finalement annulée par le Conseil d'État).

En 1996, une mère a été condamnée à cinq ans d'emprisonnement avec sursis pour avoir tué sa fille Sophie, autiste de vingt-trois ans.

En 1998, à Sévérac-le-Château (Aveyron), le Dr Jean-Pierre Duffaut euthanasie une femme âgée tombée dans le coma. Le procureur choisit de saisir le Conseil régional de l'ordre. Ce dernier ayant prononcé une relaxe, le procureur se tourne vers le Conseil national de l'ordre, qui suspend le médecin pendant un an.

En 2003, Elie Bendayan, soixante-dix ans, est condamné à deux années de prison avec sursis pour avoir abrégé les souffrances de son épouse atteinte de la maladie d'Alzheimer.

Deux ans plus tard, Fabrice Guyon a droit à six mois de prison ferme pour avoir étouffé son grand-père grabataire. Et le Dr Joël de Bourayne, accusé d'avoir aidé neuf patients à mourir, bénéficie quant à lui d'un non-lieu. Selon le juge d'instruction, ce médecin avait respecté le code de déontologie médicale en administrant des substances susceptibles d'être létales.

Deux poids et deux mesures, vous dis-je. À telle enseigne que trois jours après que le procureur de Boulogne a requis un non-lieu dans mon affaire, le parquet de Périgueux annonce que Chantal Chanel et Laurence Tramois vont être renvoyées devant les assises.

Nous les soutiendrons jusqu'au bout. Chantal Chanel sera finalement acquittée en 2007, tandis que le Dr Tramois sera condamnée à une peine d'un an de prison avec sursis.

Et pourtant, entre-temps, un sondage a confirmé que les Français réclament massivement une légalisation de l'euthanasie[1]. Deux questions leur ont été posées.

Primo, faut-il permettre à un malade d'obtenir, à sa demande, une assistance médicalisée pour mourir, dans le cas où cette personne est en phase avancée ou terminale d'une maladie reconnue incurable ?

Réponse : 86 % des Français y sont favorables (dont 51 % très favorables), 10 % défavorables.

Secundo, la loi doit-elle être modifiée afin de permettre à un malade d'obtenir, à sa demande, une assistance médicalisée pour mourir, dans le cas où cette personne est placée dans un état de dépendance qu'elle estime incompatible avec sa dignité ?

Réponse : 77 % des Français y sont favorables (dont 39 % très favorables), 18 % défavorables.

C'est ce qui nous incite, à Faut qu'on s'active !, à ne pas baisser les bras. Une bataille a été perdue, mais pas la guerre.

*
**

Qu'on ne se méprenne pas : je sais que légiférer sur l'euthanasie n'est pas aisé. Abréger la vie par compassion reste aux yeux de beaucoup syno-

---

1. Sondage réalisé par l'institut TNS-Sofres à la demande de l'Association pour le droit de mourir dans la dignité, les 8 et 9 mars 2006, auprès d'un échantillon de mille personnes représentatives de l'ensemble de la population française âgée de dix-huit ans et plus et constitué selon la méthode des quotas (sexe, âge, profession du chef du ménage), avec stratification par région et catégorie d'agglomération. Les interviews se sont déroulées en face à face, au domicile des intéressés.

nyme de donner la mort. Et pourtant, il me semble qu'il y a une réelle différence entre un *serial killer* de vieilles dames et un proche qui met fin, cédant aux supplications d'un malade en phase terminale, à des douleurs inutiles. Mais jusque dans les esprits les mieux intentionnés, la confusion demeure parfois. L'euthanasie heurte les consciences religieuses, parce que l'on n'a pas à décider à la place de Dieu. Elle bouleverse les scrupules médicaux, car les médecins sont supposés, avant tout, sauver des vies. Elle affole à raison le législateur, qui pense aux convoitises d'héritage, ou simplement au désir d'échapper à un poids d'assistance contraignant.

C'est pourquoi je comprends et j'approuve qu'on ne puisse pas l'autoriser d'une manière générale.

Sauf que, encore une fois, cela n'a jamais été mon propos. Sauf que, et je sais que je me répète, quand aucun espoir n'est permis, quand un être n'a plus aucune chance d'apprécier – fût-ce un minimum – cette vie qu'on se refuse à lui ôter, quand de mois en mois, en proie à des souffrances physiques qui exacerbent son calvaire moral, il voit s'éloigner les visiteurs, fussent-ils des proches à bout de générosité, quand il reste seul, et lucide, face à cette prison qu'est devenue son existence et à sa propre inutilité (le pire des constats), alors, selon moi, on ne respecte pas sa vie, on le laisse crever comme une bête sauvage.

Épilogue
La lutte continue

« Parce que, de façon certaine, la maladie l'emportait sur nos thérapeutiques, parce que, malgré des traitements adaptés, les souffrances physiques et psychologiques rendaient la vie du patient intolérable,

» parce que le malade souhaitait en finir, nous, soignants, avons, en conscience, aidé médicalement des patients à mourir avec décence.

» Tous les soignants ne sont pas confrontés à ce drame, mais la majorité de ceux qui assistent régulièrement leurs patients jusqu'à la mort utilisent, dans les circonstances décrites, des substances chimiques qui précipitent une fin devenue trop cruelle, tout en sachant que cette attitude est en désaccord avec la loi actuelle.

» Des améliorations ont été apportées par les textes législatifs d'avril 2005 (loi Leonetti) mais elles sont insuffisantes. Les récentes mises en examen de médecins et d'infirmières ayant aidé leurs patients à mourir prouvent que la loi est toujours aussi répressive et injuste car en décalage avec la réalité médicale.

» Aussi nous demandons :

» – l'arrêt immédiat des poursuites judiciaires à l'encontre des soignants mis en accusation ;

» – une révision de la loi dans les plus brefs délais, dépénalisant sous conditions les pratiques d'euthanasie, en s'inspirant des réformes déjà réalisées en Suisse, en Belgique et aux Pays-Bas ;

» – des moyens adaptés permettant d'accompagner les patients en fin de vie, quels que soient les lieux (domicile, hôpital, maisons de retraite) et les conditions de vie.

» Il s'agit là d'accorder à chaque personne une singularité, une valeur absolue qui se nomme, selon le préambule et l'article premier de la Déclaration universelle des droits de l'homme de 1948 : la dignité. »

Lorsque ce courageux appel a été publié, en mars 2007, dans les colonnes du *Nouvel Observateur* et de *Sud-Ouest*, plus de deux mille médecins et infirmières l'avaient signé. Des centaines et des centaines d'autres les ont rejoints depuis lors.

Nous nous trouvions à quelques semaines de l'élection présidentielle. Notre propre pétition sur l'exception d'euthanasie avait déjà recueilli trois cent mille approbations, dont celles de plus de mille artistes, comédiens, metteurs en scène, réalisateurs, producteurs, animateurs, chanteurs, journalistes, écrivains, philosophes, scientifiques, médecins et élus de grand renom que je ne pourrais tous citer ici.

Nous nous sommes fixé un nouvel objectif symbolique : atteindre les quatre cent mille signatures. Puis nous avons interpellé les douze candidates et candidats à la magistrature suprême. Certains ont hésité avant d'indiquer leur position. Six se sont dits pour une exception d'euthanasie, cinq contre, un seul ne s'est pas prononcé.

Peu importe lesquels.

Autrefois, je ne m'intéressais guère à la politique. Je glissais un bulletin dans l'urne sans trop avoir de convictions. Puis, à partir de 2002, par solidarité avec Vincent à qui l'on avait refusé le droit de vote alors qu'il était sain d'esprit et pouvait s'exprimer, je n'ai plus voté. Mais en 2007, je me suis réinscrite sur les listes électorales. Pour autant, mon combat n'a rien de politique au sens militant du terme. Je ne me permettrais pas de donner quelque consigne que ce soit, même si j'ai mes idées.

Pour moi, le problème n'est pas de savoir qui est pour et qui est contre. La question de l'euthanasie dans les cas extrêmes transcende les clivages partisans et ne regarde que la conscience de chacun. Et justement, je ne vois pas au nom de quelle vérité ou de quel droit certains s'arrogeraient celui de décider ce qui est bon ou ce qui ne l'est pas. Surtout s'ils sont minoritaires. Dans toute démocratie digne de ce nom, on doit être libre de choisir pour soi, tout en respectant les choix philosophiques ou religieux des autres. En ce sens, tout ce qui concerne notre propre vie et notre propre mort ne peut pas relever du caprice ou des opinions de tel ou tel. En ce sens encore, une loi sur l'exception d'euthanasie n'a pas à imposer quoi que ce soit à qui n'en veut pas pour lui-même, ni à ses proches, ni aux professionnels qui refusent de la pratiquer.

Je ne suis pas là pour critiquer ou convaincre celles et ceux qui pensent différemment. Je ne leur souhaite qu'une chose : de ne pas se retrouver un jour dans la même situation que moi. Nul ne devrait y être confronté mais tous n'ont pas cette chance. Beaucoup d'autres Vincent et beaucoup d'autres mamans en font la cruelle expérience, et sont abandonnés à eux-mêmes. La société ne peut pas continuer de les ignorer au point de les laisser dans une détresse que rien ne justifie. C'est cela qui me scandalise, et qui motive mon combat.

Alors je continuerai de lutter.

ANNEXES

Annexe A

Argumentaire pour une loi dite « Vincent Humbert »

Vincent Humbert, ce jeune tétraplégique qui avait demandé au président de la République le droit de mourir, a relancé le débat sur la fin de vie et l'euthanasie en France, l'un des derniers pays d'Europe à ne pas avoir de cadre législatif. Il est en effet urgent d'agir.

– Marie Humbert, cette mère qui a accepté d'aider son fils à mourir, et le Dr Frédéric Chaussoy, qui a refusé de la laisser assumer ce geste, ont bénéficié d'un non-lieu sous la pression populaire, mais la loi assimile l'euthanasie à un assassinat, même dans des cas extrêmes. Le cas récent du Dr Tramois et de l'infirmière Chanel, renvoyées en cour d'assises pour des faits comparables, en témoigne. Il faut donc changer la loi si elle peut conduire à l'injustice.

– Chaque malade a le droit de voir ses souffrances atténuées et nous demandons une loi de programmation pour développer l'offre de soins palliatifs, scandaleusement faible en France.

– Ce n'est ni au médecin ni au juge de décider à partir de quel moment la vie d'homme ne vaut plus d'être vécue. C'est une liberté fondamentale, un droit absolu, qui comme pour Vincent Humbert ne concerne pas que les malades en fin de vie. Seule la loi peut encadrer ce droit fondamental de pouvoir se retirer dans la dignité.

Malgré une opinion massivement favorable, malgré la pratique clandestine non contrôlée de l'euthanasie, le gouvernement et le Parlement se refusent à aborder ce sujet, acceptant juste de protéger les médecins arrêtant de soigner les malades incurables en fin de vie.

Créée récemment pour développer l'initiative citoyenne, l'association Faut qu'on s'active ! a entrepris de contribuer à l'émergence d'un vrai débat national sur cette question, à travers un « Tour de France » qui a conduit des dizaines de milliers de citoyens à s'exprimer sur le sujet. L'Assemblée nationale n'a pas souhaité entendre Marie Humbert, le Dr Chaussoy ou Faut qu'on s'active !, alors même que c'est à la suite de l'affaire Humbert qu'elle a voté le 22 avril 2005 un texte sur le « laisser mourir » qui ne répond pas à la question de la survie artificielle et de la souffrance en fin de vie.

Faute de réponse satisfaisante, l'association a donc décidé d'élaborer elle-même la « loi Vincent Humbert » que l'opinion attend. Elle ne propose pas de légaliser l'euthanasie, mais d'introduire une « exception » dans le Code pénal, lorsqu'une aide active à mourir a été apportée à une demande clairement exprimée, dans des conditions strictement définies. Cette proposition de loi d'initiative populaire a recueilli à ce jour[1] plus de trois cent

1. En juillet 2007. *(N.D.L.E.)*

quinze mille signatures de citoyens, dont de nombreuses personnalités. Et l'association entend recueillir au moins quatre cent mille signatures d'ici la fin de l'année 2007.

I. Un cadre législatif inadapté

1. Le cadre législatif ne permet pas de sécuriser les pratiques actuelles

Le mot euthanasie fait peur, et recouvre en réalité des pratiques différentes, qu'il est convenu de regrouper sous quatre formes principales :

– l'euthanasie indirecte, c'est-à-dire l'administration d'antalgiques dont la conséquence seconde et « non recherchée » est la mort ;
— l'euthanasie passive, c'est-à-dire le refus ou l'arrêt d'un traitement nécessaire au maintien de la vie ;
– l'euthanasie active, c'est-à-dire l'administration délibérée de substances létales dans l'intention de provoquer la mort, à la demande du malade qui désire mourir, ou sans son consentement, sur décision d'un proche et/ou du corps médical ;
– l'aide au suicide, où le patient accomplit lui-même l'acte mortel, guidé par un tiers qui lui a auparavant fourni les renseignements et/ou les moyens nécessaires pour se donner la mort.

Ces distinctions ont au moins le mérite d'isoler le cas du suicide assisté, qui relève d'une autre logique et d'un autre débat.

En revanche, en ce qui concerne l'euthanasie à proprement parler, les autres distinctions apparaissent en pratique parfois artificielles, la dose injectée ou le type de produit ne pouvant à eux seuls déterminer l'intention réelle de donner la mort.

Le Code pénal ne prévoit aucune incrimination spécifique concernant le fait de donner la mort à quelqu'un qui le demande. L'euthanasie entre dans le champ des articles réprimant le meurtre, l'assassinat ou la non-assistance à personne en danger (dans le cas de l'euthanasie passive) [articles 221-1 et 221-3 du nouveau Code pénal], les peines maximales pouvant être encourues étant respectivement de trente ans de réclusion, la réclusion à perpétuité et cinq ans d'emprisonnement.

L'accompagnement de la fin de vie correspond en France aux seuls soins palliatifs, dont le droit a été ouvert par une loi du 9 juin 1999. Les soins palliatifs se présentent comme des « soins actifs dans une approche globale de la personne atteinte d'une maladie grave évolutive et terminale ». Les Belges préfèrent parler de « soins supportifs », pour aider le malade à supporter la douleur, sans pour autant que l'issue soit nécessairement désespérée. Leur objectif est de soulager les douleurs physiques ainsi que les autres symptômes et de prendre en compte la souffrance physique et psychologique.

La loi du 4 mars 2002 sur le droit des malades (dite loi Kouchner) a permis des avancées importantes en plaçant le patient au centre du système, sans toutefois poursuivre la logique jusqu'au bout. Elle dispose que les professionnels de santé doivent tout mettre en œuvre pour assurer une vie digne jusqu'à la mort et que le médecin doit respecter la volonté de la personne. Aucun acte médical ni traitement ne peut être pratiqué sans le consentement de la personne, et lors de toute hospitalisation il doit être proposé au patient de désigner une personne de confiance.

Les nombreux témoignages que nous avons recueillis, ou les affaires qui sont révélées régulièrement, comme dernièrement au CHU de Besançon, attestent que le Code pénal n'empêche pas la pratique de l'euthanasie en France, même s'il la condamne à la clandestinité et que ses auteurs risquent de lourdes peines, comme c'est le cas pour le Dr Laurence Tramois en Dordogne.

Dans les services de réanimation, un patient sur deux meurt après décision de limitation ou d'arrêt de soins actifs, et l'on peut estimer qu'une proportion de 10 à 20 % de ces décisions médicales sont des injections avec intentionnalité de décès. Quand on sait par ailleurs que le tiers des décès, dans notre pays, soit environ cent quatre-vingt mille sur les cinq cent trente mille constatés en moyenne par an, survient dans les services de réanimation, on mesure la place qu'a prise la pratique clandestine et sans contrôle de l'euthanasie dans notre pays.

Ailleurs, d'autres malades, qui se voient refuser d'accéder à la mort, malgré leur demande répétée et consciente, doivent subir de véritables tortures, parfois pendant de longues années, qu'une société aussi élaborée que la nôtre devrait mettre un point d'honneur à éviter.

La situation des patients au regard de l'euthanasie n'est pas sans faire penser à celle des femmes voulant se faire avorter avant la loi Veil sur l'IVG de 1975, condamnées pour les moins riches ou les moins informées à des pratiques clandestines et dangereuses.

2. Une opinion en avance sur le législateur

Comme nous avons pu le constater dans nos débats ou à travers les dizaines de milliers de pétitions ou de témoignages recueillies, l'affaire Humbert a certainement contribué à une évolution des esprits, pourtant déjà largement favorables à un encadrement législatif de l'euthanasie.

Ainsi, un sondage commandé par l'Association pour le droit de mourir dans la dignité (ADMD) en 2006 montre que 90 % des Français étaient favorables au droit de choisir sa mort. Les enquêtes d'opinion font également apparaître qu'une majorité de médecins généralistes sont favorables à la légalisation de l'euthanasie en France. Ce serait le cas pour 78 % d'entre eux selon un sondage publié dans *Impact Médecin Hebdo* en octobre 2003. Le soutien apporté par le Conseil national de l'ordre des médecins au Dr Chaussoy, ou encore la prise de position publique en faveur d'une loi par François Lemaire, professeur de réanimation médicale à l'hôpital Henri-Mondor de Créteil, constituent autant d'indices que les médecins, notamment ceux qui sont confrontés le plus souvent à ce type de choix, vivent mal l'insécurité juridique dans laquelle ils sont obligés de travailler.

Les réticences dans l'opinion semblent aujourd'hui davantage le fait des milieux religieux les plus pratiquants, même si là aussi nos débats ont montré que des membres du clergé ou de nombreux laïcs engagés refusent de juger les cas individuels. Le refus d'une loi tient à une conception stricte du respect de la vie humaine. La vie est une réalité transcendante et ne peut être laissée à la libre disposition de l'homme. La prise de position de Jean-Pierre Raffarin estimant que « la vie n'appartient pas aux politiques » pourrait relever de cet état d'esprit.

Beaucoup de croyants pratiquants considèrent pourtant avec les autres que si la vie de chacun n'appartient évidemment pas aux politiques, c'est à eux et à eux seuls que revient la décision de décider de ce qui est légal ou non, particulièrement dans une république laïque.

3. *La France, lanterne rouge des démocraties européennes*

La plupart des pays européens ont apporté des réponses, au moins en partie, à cette aspiration de la population à choisir les conditions de sa fin de vie.

La Suisse comme la Suède interdisent l'euthanasie active, mais autorisent l'aide au suicide accompagnée par un médecin.

Au Danemark, la loi du 14 mai 1992 oblige les médecins à se conformer aux dispositions contenues dans les déclarations de volonté, et ceux-ci encourent des sanctions s'ils y contreviennent.

En Allemagne, l'euthanasie active est assimilée dans la loi à un homicide, mais un jugement de 1998 l'a autorisée pour les patients dans un coma irréversible, procédure encadrée par le tribunal des tutelles, et la jurisprudence reconnaît l'obligation de se conformer au testament de vie, comme en Grande-Bretagne, en Autriche, en Espagne (Catalogne), en Suisse et dans d'autres pays, en Europe et ailleurs (Canada, Australie, États-Unis).

En Belgique depuis mai 2002, après les Pays-Bas depuis mars 2001, la pratique de l'euthanasie a été dépénalisée sous conditions. La demande doit être « volontaire, réfléchie et répétée ». Il faut aussi que les souffrances du patient soient constantes, insupportables, et que celui-ci « se trouve dans une situation médicale sans issue ». Deux cent cinquante-neuf cas ont été observés en quinze mois par la commission d'évaluation chargée d'examiner les rapports des médecins proposant l'euthanasie.

D'autres législations la prévoient de manière plus restrictive (Espagne, Colombie).

II. Pour que demain il y ait une loi « Vincent Humbert »

L'affaire Vincent Humbert a achevé de convaincre de l'inadaptation du cadre législatif actuel. Pour autant, et malgré les avancées de la mission parlementaire d'information sur l'accompagnement de la fin de vie, relayées par le ministre de la Santé, qui ont ouvert un premier débat et ancré l'idée d'une intervention de la loi, il n'y a pas de consensus sur la manière de traiter le problème posé.

1. *La responsabilité du juge ? Le Comité consultatif national d'éthique (CCNE)*

Le CCNE a pris une position intéressante dans son avis n° 63 du 27 janvier 2000 intitulé « Fin de vie, arrêt de vie, euthanasie ». Il propose en effet une « exception d'euthanasie » qui laisse à l'euthanasie son caractère pénal mais autorise le médecin à plaider devant la justice qu'il ne s'agit pas de violence mais de mettre un terme à la vie de quelqu'un le demandant, compte tenu d'un certain nombre de circonstances graves et précises. Ce serait donc à la juridiction saisie de cette « exception d'euthanasie » de se prononcer sur le caractère criminel ou non du geste commis.

Cette position, pour intéressante qu'elle soit par la notion d'exception d'euthanasie, confie au juge une responsabilité que l'on peut trouver exagérée, dans un pays où l'on préfère l'égalité devant la loi à des jurisprudences aléatoires.

2. *L'unique recours aux soins palliatifs ? Le rapport de Marie de Hennezel*

Le rapport « Fin de vie et accompagnement » remis au ministre de la Santé en octobre 2003 par Marie de Hennezel, spécialiste des soins palliatifs, proscrit logiquement toute forme de dépénalisation de l'euthanasie, en mettant l'accent sur l'accompagnement et le non-abandon. Plutôt que de légiférer, elle considère qu'il faut avant tout « aider les soignants à changer leurs pratiques » en les formant à la « démarche palliative ».

Cette position n'est pas sans ambiguïté : elle ne tient pas compte du grave sous-développement des unités de soins palliatifs en France (sept cents lits contre sept mille en Belgique), qui prive d'effets pratiques cette pétition de principe. D'autre part, même si l'on observe une baisse des demandes d'euthanasie quand des soins palliatifs peuvent être mis en place, ils ne constituent pas une réponse à certains cas, comme celui de Vincent Humbert. Enfin, l'opposition entre soins palliatifs et euthanasie semble relever dans ce cas davantage d'une préoccupation d'ordre moral, les deux logiques s'avérant en pratique parfaitement complémentaires.

3. *La seule affaire des médecins ? Bernard Kouchner, le Conseil national de l'ordre des médecins, Dominique Perben et Philippe Douste-Blazy*

En avril 2002, Bernard Kouchner proposait non pas la modification de la loi mais la définition d'un cadre, une sorte de charte de déontologie qui serait validée par l'ordre des médecins et comprendrait des engagements de respect de la volonté des malades, de caractère collectif de la décision d'interrompre la vie d'autrui, même si c'est au médecin de l'assumer, etc [1].

De manière encore plus restrictive, Dominique Perben, garde des Sceaux, a proposé en mai 2004 devant la mission parlementaire d'information de modifier par décret le code de déontologie médicale pour protéger les médecins limitant ou arrêtant les thérapies tout en soulageant la douleur sans intention de donner la mort (euthanasie indirecte). Cette position semble avoir eu l'aval du Conseil national de l'ordre des médecins.

Les réanimateurs, qui voient dans leurs services cent quatre-vingt mille décès par an, souhaiteraient une protection juridique accrue, ce qui incite la Société de réanimation de langue française (SRLF) à souhaiter une loi précisant désormais que la non-mise en œuvre ou l'arrêt des techniques de réanimation, sous certaines condi-

1. Il est à noter que Bernard Kouchner a fait évoluer sa position, notamment en se prononçant clairement en faveur d'un cadre législatif, dans la préface qu'il a faite au livre de Frédéric Chaussoy, *Je ne suis pas un assassin* (Oh Éditions, 2005).

tions, ne devrait pas exposer les médecins au risque de mise en cause judiciaire.

C'est le sens du vote à l'Assemblée nationale le 30 novembre 2004 (à l'unanimité) puis au Sénat le 22 avril 2005 (sans les voix de gauche) de la loi dite Leonetti, qui prévoit le droit au « laisser mourir », destinée principalement à protéger les médecins « débranchant » leurs patients en fin de vie. Présentée comme une avancée pour les médecins, cette loi a eu l'effet paradoxal de rendre explicite l'interdit de toute forme d'euthanasie active, même pour abréger certaines souffrances imprescriptibles, sauvegarder la dignité du malade et sa volonté. Certains, opposants ou partisans de l'euthanasie, ont dénoncé l'hypocrisie qui conduisait la société à laisser ses patients en fin de vie mourir de faim, de soif ou d'asphyxie.

Bien qu'absolument légitime et nécessaire, l'enjeu d'une meilleure protection des médecins ne saurait être le seul, de même que les modalités d'accompagnement de la fin de vie ne doivent pas relever de leur seul pouvoir, encore parfois empreint d'un certain paternalisme.

4. *Une prise en charge collective de l'accompagnement de la fin de vie : les propositions de l'association Faut qu'on s'active !*

Venue sans a priori sur le sujet, l'association Faut qu'on s'active ! s'est forgé progressivement quelques certitudes, au fil des débats qu'elle a organisés.

Ses propositions reposent sur cinq principes, qui sont autant de justifications à une intervention du législateur :

– les progrès de la médecine (survie artificielle) et la prise de conscience des droits des malades débouchent à législation inchangée sur une impasse juridique que l'affaire Vincent Humbert a eu le mérite de révéler ;

– il nous faut sortir de cette impasse au terme d'un grand débat public, dans l'opinion et au Parlement, qu'il n'y a aucune raison d'escamoter ;

– le suicide assisté relève d'une logique à part, qui mérite un débat spécifique ;

– la problématique des soins palliatifs, dont la programmation de moyens nouveaux est absolument nécessaire, n'épuise pas le sujet de l'accompagnement de la fin de vie ;

– la pratique de l'euthanasie (sous toutes ses formes, beaucoup plus imbriquées qu'il n'y paraît en pratique) doit pouvoir être encadrée par le législateur, donc par les représentants du peuple, le droit de se retirer dans la dignité n'étant l'affaire ni du seul médecin, ni du seul juge.

À partir de ces grands principes, qui nous paraissent susceptibles de faire l'objet d'un large accord, nous pensons nécessaire de modifier la loi. Nous pensons également qu'il faut avoir le courage de toucher au Code pénal, non pas pour légaliser l'euthanasie, mais pour y introduire une « exception d'euthanasie », en reprenant la proposition du Conseil consultatif national d'éthique. La proposition de « loi Vincent Humbert » nous paraît une position équilibrée, un juste compromis entre le droit imprescriptible de l'homme à choisir les conditions de sa fin, la vocation de la médecine à sauver la vie, et la responsabilité du juge de réprimer les atteintes à la vie humaine.

Voici les conditions dans lesquelles nous proposons d'encadrer ce nouveau droit à se retirer dans la dignité :

– en s'assurant de la volonté du patient, seul juge de la qualité et de la dignité de sa vie et de l'opportunité du médecin, quand la personne fait état d'une souffrance ou d'une détresse constante insupportable, non maîtrisable, consécutive à un accident ou à une affection pathologique, ou lorsque la personne est atteinte d'une maladie dégénérative incurable (articles 1 à 3) ;

– en procédant à toutes les consultations et informations nécessaires (psychologue, équipe pluridisciplinaire) pour éclairer la décision du patient de demander une aide active à mourir, chaque médecin pouvant faire jouer la clause de conscience (articles 4 à 9) ;

– en rendant compte à la Nation de la pratique de ce nouveau droit, à travers la création d'une commission nationale de contrôle et d'évaluation, avec le pouvoir de dénoncer au procureur de la République un cas lui paraissant ne pas remplir les conditions et suivre les procédures prévues (article 10).

Nous versons au débat public cette proposition, qui a déjà recueilli plus de trois cent quinze mille signatures depuis le 24 septembre 2004, date anniversaire du départ de Vincent Humbert, sous la forme inédite en France d'une « proposition de loi d'initiative populaire ». Quand nous aurons recueilli quatre ou cinq cent mille signatures de citoyens, selon une procédure qui existe dans d'autres pays, nous demanderons à des parlementaires de la déposer pour que la représentation nationale en débatte.

On ne privera pas les citoyens d'un débat qui les concerne d'aussi près.

Rejoignez le Mouvement national pour une loi Vincent Humbert, pour sortir enfin de la loi du silence et du silence de la loi !

Annexe B

Proposition de loi relative au droit de se retirer dans la dignité (dite loi « Vincent Humbert »)

TITRE Ier

Du droit de tout être humain à exprimer sa volonté de fin de vie

*Article 1er*

Toute personne majeure en mesure d'apprécier les conséquences de ses choix et de ses actes est seule juge de la qualité et de la dignité de sa vie ainsi que de l'opportunité d'y mettre fin lorsqu'elle fait état d'une souffrance ou d'une détresse constante insupportable, non maîtrisable, consécutive à un accident ou à une affection pathologique, ou lorsqu'elle est atteinte d'une maladie dégénérative incurable.

Article 2

Cette volonté peut s'exprimer soit dans une déclaration de volontés anticipées (DVA) renouvelable tous les cinq ans, soit par écrit, ou soit oralement à deux reprises espacées d'au moins trois jours, devant deux témoins, dont l'un au moins n'a pas d'intérêt matériel à sa disparition. Cette volonté exprimée est révocable à tout moment.

Article 3

Dans le cas d'incapacité physique permanente, médicalement constatée, de nature à l'empêcher de rédiger et de signer une déclaration écrite, la personne peut désigner pour ce faire une personne majeure de son choix, en présence de deux témoins majeurs, dont l'un au moins n'aura pas d'intérêt matériel à son décès.

TITRE II
Du droit de se retirer dans la dignité

Article 4

Toute personne majeure faisant état d'une souffrance ou d'une détresse constante insupportable, non maîtrisable, consécutive à un accident ou à une affection pathologique, ou lorsqu'elle est atteinte d'une maladie dégénérative incurable, dispose du droit de recevoir une aide pour se retirer dans la dignité. Cette aide active à mourir ne peut être prodiguée que par un médecin et uniquement si la personne a pu en exprimer la volonté claire, dans les conditions fixées par les articles 2 et 3.

Article 5

Pour faire droit à une demande d'aide active à mourir, le médecin a l'obligation de donner à son patient une information claire et complète sur son état de santé, dans l'état des connaissances scientifiques du moment, ainsi que sur les possibilités de recours à des soins palliatifs. Si son état le permet, le patient devra consulter un psychologue.

Article 6

Le médecin devra également prendre l'avis d'une équipe pluridisciplinaire composée d'au moins quatre personnes dont deux médecins exerçant dans un établissement de santé, dont un spécialiste de l'affection concernée et d'un expert près les tribunaux judiciaires, et de deux personnes qualifiées tenues au secret et choisies, notamment, parmi les personnels médicaux, les assistants sociaux ou les psychologues.

Cette équipe est tenue de s'entretenir avec les proches, avec l'équipe soignante, avec la personne de confiance au sens de l'article L. 1111-6 du Code de santé publique si elle a été désignée, et enfin avec un médecin désigné par cette personne de confiance.

Elle rend dans les quinze jours de sa saisine son avis sur les conditions mentionnées à l'article 4 pour faire droit à la demande d'aide active à mourir et le transmet à la commission de contrôle et d'évaluation instituée à l'article 10 de la présente loi.

Article 7

Le médecin peut opposer la clause de conscience à une demande d'aide active à mourir. Il en informe alors la personne concernée ou, à défaut, la personne de confiance, et indique le nom de praticiens susceptibles de la pratiquer dans l'établissement qui l'héberge ou ailleurs. Aucun membre de l'équipe soignante n'est tenu de concourir à une aide active à mourir.

Article 8

La personne décédée à la suite d'une aide active à mourir dans les conditions imposées par la présente loi est réputée décédée de mort naturelle pour ce qui concerne l'exécution des contrats auxquels elle était partie, en particulier les contrats d'assurance. Les dispositions de l'article 909 du Code civil sont applicables aux médecins et membres de l'équipe soignante.

Article 9

L'article L. 221-5 du Code pénal est complété par un alinéa ainsi rédigé :

Toutefois, par exception et sous le contrôle du juge, il n'y a ni crime ni délit lorsque les faits visés aux articles 221-1 et 221-3 ont été commis par un médecin suite à une demande d'aide active à mourir, dans les conditions et selon les procédures prévues par la loi du (...) relative au droit de se retirer dans la dignité, dite « loi Vincent Humbert ».

TITRE III
De la Commission nationale de contrôle et d'évaluation

Article 10

Il est institué, auprès du garde des Sceaux, ministre de la Justice, et du ministre chargé de la Santé, une Commission nationale de contrôle et d'évaluation chargée d'examiner si les conditions et procédures fixées par la présente loi en matière d'aide active à mourir ont été respectées. Il établit chaque année un rapport d'évaluation qu'il remet au garde des Sceaux, ministre de la Justice, au ministre chargé de la Santé, ainsi qu'aux présidents des assemblées parlementaires et au Conseil national de l'ordre des médecins.

Elle est composée de vingt et un membres, dont un tiers de médecins, un tiers de magistrats judiciaires et un tiers de personnalités qualifiées, selon des modalités déterminées par un décret en Conseil d'État.

Elle reçoit les avis établis par l'équipe pluridisciplinaire mentionnée à l'article 6 de la présente loi et a toute autorité pour entendre les personnes concernées. Si elle estime à la majorité que les procédures ou les conditions définies par la présente loi n'ont pas été respectées, elle transmet dans les deux mois au procureur de la République territorialement concerné un rapport, accompagné du procès-verbal d'audition du médecin concerné.

Annexe C

POUR EN SAVOIR PLUS

Afin de s'informer, télécharger son bulletin d'adhésion,
et/ou signer le texte de la pétition nationale en faveur de la proposition de loi d'initiative populaire
dite « loi Vincent Humbert » :

Mouvement national pour une loi Vincent Humbert

11, rue Saint-Martin, 75004 Paris
Tél. : 06 81 70 06 66
Site Internet : www.loi-vincent-humbert.com

Association Faut qu'on s'active !

38, rue Lecocq, 62100 Calais
Site Internet : www.fautquonsactive.com
Messagerie : contact@fautquonsactive.com

Table des matières

Avant-propos : Comme une bouteille à la mer. 9

1 – Le pays qui m'a donné le jour 15
2 – Jours tranquilles à Francheville 27
3 – Un dimanche sans histoire... 34
4 – La lutte pour la vie 39
5 – Le silence de la mer 50
6 – Le sourire de l'ange 54
7 – La vie au bout des doigts 60
8 – Les maux qui blessent 68
9 – Le choc 75
10 – « Je vous demande le droit de mourir »... 82
11 – Le raz de marée médiatique 91
12 – Le courrier du cœur 98
13 – J'ai dit oui 111
14 – La délivrance 119
15 – Le désespoir 127
16 – Le combat 132
17 – Une bataille perdue, mais pas la guerre .. 146

Épilogue : La lutte continue 161

Annexes

Annexe A – Argumentaire pour une loi dite « Vincent Humbert » 167

Annexe B – Proposition de loi relative au droit de se retirer dans la dignité (dite « loi Vincent Humbert ») 181
Annexe C – Pour en savoir plus 187

J'AI LU

VINCENT

Humbert

PROPOS RECUEILLIS ET TEXTE
ÉLABORÉ PAR FRÉDÉRIC VEILLE

« JE VOUS DEMANDE LE DROIT DE MOURIR »

RÉCIT

LE MESSAGE BOULEVERSANT
D'UN CONDAMNÉ DE LA VIE

8845

Composition
PCA

Achevé d'imprimer en France (La Flèche)
par CPI BRODARD ET TAUPIN
le 12 janvier 2009. 50744

Dépôt légal janvier 2009.
EAN 9782290012604

ÉDITIONS J'AI LU
87, quai Panhard-et-Levassor, 75013 Paris

Diffusion France et étranger : Flammarion